中公文庫

人間とマンボウ

新版

北　杜夫

中央公論新社

目次

人間とマンボウ　新版

I

表面的な思い出など――三島由紀夫氏

三島由紀夫氏についての記憶の断片を、憶いだすままにとりとめなく綴ってゆこうと思う。おそらくはごく表面的なこと、いや、殊さら表面的な些事を書こうと思う。

三島さんとはじめてお会いしたのは、私がまったく無名の時代であった。『幽霊』の自費出版本はすでに出していて、奥野健男《たけお》氏の『太宰治論』の出版記念会に行った折、そのあとの二次会の店へゆくタクシーの中で、たまたま三島さんと奥野さんと私とが同乗した。或いは帰途だったかも知れぬ。そこいらの記憶は曖昧である。

むろん私にとって、ずっと以前から、三島さんはぜんぜん別世界の住人とも思える確乎とした作家であった。私は旧制高校にいたころから、「人間」誌上に登場した三島さんの短篇を愛読していたし、古本屋で『花ざかりの森』を見つけて買ったりしており、その実物を目のまえにして震えおののくような存在であることは確かであった。しかし、当時、私は生意気盛りの文学青年で、殊に酔うとそれが甚《はなはだ》しかった。ふだんは丁寧な言葉を使うのだが、その言葉の内容がいけなくて「文藝首都」の保高《やすたか》みさ子さんもよく「インギン無礼」だと言っていた。まして、もっと酔っぱらうと、「絶対無礼」ともいうべき言葉を発したりした。

そんな習癖以上に、そのときの私には、雲の上の人とも感じられる三島さんに対する、若者の無鉄砲な気負いのようなものがあったことは争えない。（三島さんが太宰治氏に会いに行ったときも、次元はまったく異なるが、それに通ずる気負いはあったと思われる。）

車の中で、私は三島さんに、

「『仮面の告白』にてふどと書かれているが、あれはやはりちやうどでしょう」

と言った。それだけならいい、酔いと目くらみのなせるわざで、

「少しは辞書を引いてください」

と、確かに言ってしまったのだ。そのとき三島さんは、

「しかし君、江戸時代の謡曲やなんかに、てふどとちゃんと出ているよ」

という意のことを言った。私はギクリとしたけれど、あとで少し調べて、

「江戸時代は文法がひどく乱れています。やはり、今の旧仮名遣いなら、てふどはちやうど……」

という意のハガキを送った。もとより返事はなかった。

奥野さんからあとで聞いたところによると、三島さんはそのときの私の暴言について非常に立腹され、その夜のうちに彼に電話をかけてきて、「ああいう失礼な男とぼくを会わさんでくれ」と声を荒げ、奥野氏が「彼は才能のある男で」とか弁護しようとすると、「才能があろうがあるまいが、ああいう無礼な男はおれは絶対に認めん」と言い、奥野氏は弱ったそうだ。

私にしても、奥野さんからこの話を聞き、どんなに後悔したことだろう。もう一生、三島さんとは縁がない、と私は思った。

だが、それから四年ほど経って、私がいわゆる文壇に出た年、昭和三十五年の五月、日本丸という帆船の東京湾内航海に乗船したとき、私は再度、三島さんと会うことになった。曽野綾子さん（前から交際があった）と会い、「三島さんがきていらして、北さんにお会いしたいと言ってられましたよ」と言われたとき、私は仰天し、なにより前述の過去の事柄を思いだして、恐怖の念を抱いた。

しかし、三島さんは、かつてのことを露ほども現さなかった。

「三島です。はじめまして」

と、明快に挨拶されたのを、私ははっきりと覚えている。そのときは鼻をつまれたような気分でいたが、「はじめまして」という言葉は、頭のいい三島さんが以前のことをまるきり忘れていたとはどうしても思えない。

ともあれ、三島さんはその短い東京湾内の航海が終ったあと、「食事でもどうですか」と言われ、私を銀座の或るビーフステーキの専門店に誘ってくださった。そのとき、奥さまが運転手だったが、三島さんはその助手席のドアをサッと開け、「さ、どうぞ」と言った。外国では助手席が上等の席だが、私はそれに慣れておらず、いささか戸惑ったものだ。

そこのビフテキはおいしかった。だが、ここでも私は大失策をやった。小柄で魅惑的な奥さまが、「北さんはどうしてまだ結婚なさらないの？」と訊かれたのに対し、私はまた逆上して、「そろそろ結婚しようと思っていたんですが、奥さまを見ていると、その勇気が失われました」なぞと言った。自分ではユーモアのつもりなのだが、これでは行きすぎで、聞きようによっては途方もない暴言というべきである。さすがの三島さんも、そのときはちょっと困ったような気配を見せて、

「北さんほど思ったことをズケズケ言う人はいない」

という意を奥さまに説明するようにおっしゃった。私は私で内心、またしくじったと冷汗をかいていた。

その翌年に私は結婚することになった。三島さんとはそれ以来（多分）お会いしてもいないし、文学上では大先輩でありすぎるので、本来の私の内閉症のせいもあり、招待状も送らなかった。だが、ある雑誌の編集者を通じて、結婚式に行きたいという御意向を聞き、慌てて招待状を送った。すると、電光石火、他の誰よりも早く、祝いの品物が当時居《い》候《そうろう》をしていた兄の家にとどいた。スペイン製の、葡萄酒を入れる酒びんであった。実用にはいささか不向きの、しかしあくまで立派で洗練された感じの品物である。私はその早わざに感服し、なにより有難くて、その当時「私の宝物」という週刊誌のグラビアに、他にまともなものが何もないので、その酒びんを抱いた写真を撮ってもらったことがある。三島さんの他人に対する心くばりはこのような電光石火の、しかも心のこもったものが多かったといろいろな人から聞いた。

その私の披露宴の折、勧めていた大学病院の教授が祝辞を述べた。北君もがんばって、獅子文六のような文豪になって欲しい、というようなスピーチである。獅子氏は私の敬愛する作家だが、その医学部教授のスピーチは全体としてどこかちょっとピントが外れていた。招いた作家たちの席あたりからひとしきり笑声が起った。その中で、三島さんの高らかな笑声は私の耳にまでひときわ大きく傍若無人に伝わってきたものである。

私が三島さんに次に招ばれた料理屋は、あの事件の前に楯の会の青年と食事をされたと

いう「末げん」であった。奥野氏と一緒で、三島さんは鳥鍋をあつらえ、

「昔の文士はこうして鳥をつつきながら文学論をやったものだ」

と言った。

しかし、そのときは概して七面倒な文学論をやらず、もっぱらＳＦだの、むかしの「少年倶楽部」に載った小説のことなどを話した。三島さんはたいそう乗気になって、南洋一郎『緑の無人島』がいかにすばらしくおもしろかったかを口を極めて力説した。もっとも「御自分でお書きになれば」というと、「ぼくにはああいうものは書けないよ」とあっさりと断定的に言った。

そのあと行った酒場が、奥野氏の記憶によれば、「女神の像」「キス・ミー」というような名の店であったことは記しておいてよい。三島さんは作家たちの出入りするバーなどにはほとんど行かなかったようだ。私の知っている唯一の例外は、新宿にあった「とと」へ行ったとき、そこのマダムがズバズバものを言う女性だったので気に入ったらしく、数日後、彼女をホテルのプールに呼んでいる。

ともあれ、その夜は前述のいかにも三流めいた店に行きあたりばったりに入り、その一つが大衆キャバレーで、三島さんと知った女の子が大ぜい、手に手にナプキンを拡げてサインをねだった。三島さんは快く、というより勢いこんだようなスピードで、マジック・

ペンで次々とサインをした。私は女の子たちを整理し、「もうここらでダメ」という役柄を勧めた。

三島さんには何回か外で食事に招かれたが、奥野氏、磯田光一氏と一緒に「第二浜作」で御馳走になったこともあるが、私の場合はほとんど奥野氏と二人のことが多かった。三島さんは客の取りあわせにも心をくばる方で、たまたま奥野さんと私が同じ中学でもあり、ＳＦその他で話題もあうと思われたからであろう。

三島さんはＳＦでもなんでも夢中になる癖があり、一時は「空とぶ円盤」を半ば本気で信じていた様子であった。北村小松氏の影響らしく、いま紛失して見当らないが、おおむね「昨夜は午前何時から何時までのあいだに、どこどこの方角に円盤が現れるはずだったので、ベランダでずっと待ったがついに現れなかった。次は何日の何時何分に現れる予定で、あなたもできたら起きていて観察してごらんなさい」という意のハガキを貰ったことがある。手元にある昭和三十六年十月のハガキの末尾にも、

「――このごろ手塚治虫も少々くたびれたらしく快作出ず、面妖奇々怪々なる本を何か教へて下さいませんか？　空飛ぶ円盤の本も、全く新刊がありません」

とある。

面妖奇々怪々も三島さんの趣味で、だしぬけに一冊の小説本をわざわざ送ってくださっ

たことがある。題名を忘れてしまったが、黒魔術についての大衆小説で、しかしごくこわいものであった。その旨を言うと、「こわいだろ、あれこわいだろ?」とわが意を得たりというような口調で言った。SFにしても、ブラッドベリはセンチメンタルだから大嫌いで、ヴァン・ヴォクトのものが好きだと話した。ヴォクトには、いわゆる宇宙怪獣ではなく、もっと面妖な宇宙化物がよく出てくる。

嫌いといえば、私のマンボウ調のものも嫌いらしかった。『船乗りクプクプの冒険』という少年童話を書いたとき、

「ぼくはねえ、ガッカリしたよ」

と、どうしてあんなくだらぬものを書くのかと、ムキになって大不満の様子である。もとより書きなぐりの愚作だが、三島さんにしても、ずっと高級ではあれ別に氏が書かねばならぬというわけでないエンターテイメントをかなり婦人雑誌などに書いているので、なんでこんなに怒られねばならぬのかと内心ひそかにぼやいたこともあった。

或る婦人雑誌のグラビアに、人の失笑を買うような、だらしのない写真を撮られたことがある。このときは名のあるカメラマン氏が現れ、いきなり持参したネンネコバンテンを突きつけて、これを着て、当時まだ幼かった私の子供をおぶれ、と言うのである。今の私なら当然断るはずだが、そのときは、相手の強引さに気を呑まれて、つい子供をおぶった。

その写真が出ると、さすがに母が怒って電話をかけてきた。「あんなコメディアンみたいな真似をするものじゃありません」

同時に、三島さんもこの写真について怒った。どういう文句であったか忘れたが、要するに「みっともない」というのである。氏もいろいろと人の目を見はらせるに足る写真を撮らせている。しかし、それはあくまでも雄々しく堂々としており、それに比べて、私のネンネコバンテンは女々しいマイ・ホーム型でだらしがないというような理由であるらしかった。

たしかに三島さんは、しゃれて豪放なジョークを頻々と発して人を笑わせたが、本質はひたむきに本気でムキになる人であったようだ。『鏡子の家』にはやはり自信をもっていて、それが一般の批評で不評だったため、ずいぶんと不満らしかった。それから批評家の悪口を言いだし、それが相当にアケスケにすぎたので、それまで同感していた私もつい、

「でも、人の好き不好きだから仕様がないじゃありませんか」と言うと、

「だって君、営業妨害じゃないか！」

と、大声を発したのには笑わされ、かつ驚いたものだ。

一度、やはり奥野さんと、ホテル・オークラのプールに呼ばれたことがある。三島さんの跳びこみは足が曲ってみっともなく、観物だと或る編集者に教えられたので、注目して

いたが、べつにそんな気配はなかった。猛練習をしたのであろう。氏はブレストである。私はクロールなので、そのわきを追い抜いて、「君はあんがい早いね」くらい言われるのを、期待していると、ひとことも口を利かない。私がすぐへばって水からあがると、実にのろい悠々たるブレストで、これ見よがしに何往復もするのである。

終ってシャワーをあびるとき、私がタオルで局所を隠していると、三島さんは、

「外人は平気で前を隠さない」

というような意を言ったが、こそこそと隠しているのをバカにしたような口調であった。

ホテルの食堂で御馳走になった。火を豪勢に燃やす肉料理であったが、

「ぼくはこうボウボウ火を燃やさんと、洋食を喰った気にならないんだ」

更に食事が終って葉巻を出され、私がつい「これ、どっちを切るんですか」と言うと、

「君、葉巻を喫わんと偉くなれないよ」

それが、どこからどこまで大真面目な口調なのである。

私が「楡家《にれけ》の人びと」を連載しだして何ヵ月か経ったころ、だしぬけに一通のハガキを貰った。

「(前略) 桃子といふ少女は、何といふ可愛い、魅力のある少女でせう。小生はこの子

が可愛くてたまらず、どうか彼女が将来不幸にならぬやうにと祈らずにはゐられない。

（後略）」

私は嬉しいと共に、より驚いた。のちに他の本をお送りした礼状を貰ったこともあるが、三島さんという人はあるところを讃めてくれることはあっても、きびしい批評を常に忘れぬ人だったからである。それが、まるで女学生のような文句ではないか。ともあれ、このハガキを私は創作ノートのあいだに挟んでおいて、スランプになると読み返した。

このことは以前、一度書いたことがある。第一部が終り、なかなか第二部にとりかかれずにいたとき、このハガキのゆえもあって、思いきって氏に相談の電話をした。それまで私は、年齢はそう違わないものの、文学的にはあまりに大先輩であったから、こちらから何かを頼むということは一切しないできた。

すると、御自宅に招ばれ、いろいろ丁寧に長篇執筆の体験談をしてくださった。いちばん印象にのこっているのは、長い間には必ず波があるから、ひどいスランプのときには思いきって完全に仕事から離れ、半月なり一ヵ月なり遊んでしまえ、というような話である。参考になるかもしれないからと、ひまわり社から出た限定本の『創作ノオト・盗賊』までくださった。その本には「要保存」とスタンプが押されてあった。

小説が終ってから知ったことだが、母から聞くと、三島家と斎藤家とはかすかな因縁があるというのである。つまり、小説中の聖子がはじめ婚約関係にあった男性というのが、三島さんのお母さまの兄上にあたる方だったという。

それで、それまでの御礼をこめ、母と一緒にはじめて三島さんを料理屋にお招きした。そのとき、母も傍若無人な女だから、「三島さん、かなりオツムが薄くおなりですねえ」などと言うので私は困惑した。氏は「橋幸夫の真似をしてるんです」とすましていたが。

話が前後するが、『楡家』には三島さんから貴重な推薦文を頂いた。三島さんは推薦文のうまい人だが、これはとりわけ極上のものであった。それを頂くとき、氏が引受けられたというので私も出版社も喜んでいたのだが、書くのがかなり長びき、担当の人の話によると、町で氏がたまたま新刊の「ＳＦマガジン」を買いこんだりすると、「あー、これでまた二、三日のびた」とガッカリしたということである。

その見事な推薦文のため本も売れたにちがいないのだが、その席で三島さんは、
「北さん、ぼくは嫉妬ぶかいんだよ」と、いきなり、「四万部くらいまではまだ許せる。○万部とはとても許せん」
と半ば本気のような口調でジョークを言った。その以前に私は「長篇を終えて」というエッセイを書き、その中で取材に協力してくれた人のことなどに触れ、かつ三島さんに恩を受けたことも記していた。

この文章に関して、三島さんは、今度は真面目な顔になって、

「ああいうことを書くんじゃないよ。書くにしてもずっとあとからにするものだ」

と、私を難ずるように言った。

「ぼくは楡家を二度読み返して、本気で書いたんだぜ。それを、ああいうことを書かれると、世間の人の目にはあの推薦文も何割引きかされて映るものだよ」

その席で、私は自分の母にむかって、うっかり「お母さま」と呼びかけ、ふと気づいて三島さんの顔を見た。すると氏は、

「ぼくもねえ、むかし母のことをお母さまと呼ぶと、みんなが笑うんだよ。むかしの編者のあいだじゃ、ぼくの渾名は『お母さま』だったんだよ」

と、呵々大笑した。

三島家では昭和三十八年頃から、二十二日に多方面の人を招いてクリスマス・パーティをやった。ボーイが片手にナプキンを下げて食前酒をそそいでくれる凝ったものであった。ただ、それが凝りすぎて、ある年のパーティの食前酒は、硝子の大きなボールにたっぷりと作ってある、甘い、どろどろとした酒であった。あれがいかなる酒なのか私は知らない。ともかく甘すぎるため、ウイスキーの水割りを持っている人もいるので、それを手に入

れようと移動しようとしても、部屋も階段も人の渦でよう動けもせぬ。辛うじて裏手の階段を降りてゆくと、私の他にも、文壇葬祭係と自他共に許すK社のEさんが、下から水割りのコップを持ってあがってきて、

「やっとこれを手に入れた。なんだあの酒、甘え、甘え、ペッペッ」

とぼやいていたこともあった。

そうした中で、三島さんはあちこちで高らかに放談し、いっそう高らかな笑声をあげ、ときにはピアノの前で愉快げに、かつ真剣に歌っていた。

そういえば或るとき、「ぼくが吹きこんだレコードがあるよ」と一枚のレコードを示したときには、どんな自著を見せるよりも得意げでもあった。

しかし、『楡家』のことを相談に行ったとき、二階の間で話していると、そこへ小さなお嬢さまがちょこちょこと出てきて、手すりにもたれようとした。すると三島さんは、

「紀子ちゃん、あぶないあぶない！　そこへ近寄るんじゃありません」

と、世のいかなる父親にも負けぬような危惧と優しさに溢れた声を出したことを覚えている。

昭和四十一年七月に頂いた手紙に、私の短篇に出てくる小さな女の子に「妙に心を動かされ」とあり、

「これは決して私小説的批評ではありません。貴兄と小生の間に、『小さい女の子の孤独』に対する妙に深い哀憐の情の共通性があるらしい。小生の場合は、死んだ妹の記憶かもしれません」

しかし、その小説全体については「口のわるい批評」がちゃんとつき、そのあとで、

「小生も躁病が極度に達し、つひにステージで歌をうたひました。しかしカーテン・コールで出ると、女の子が一せいにキャーッと云ってくれたので感激しました。あのキャーッといふ声を一度体に受けてみたいと思ってゐたので宿望を達しました。あの声は一体どこから出るのでせうか。

貴兄の躁病の御文章をよんで、大笑ひ、といふのも、医者の病気ほど愉快なものはないからです。御病気悪化の一助にもと、イジワル・ジジイがこの手紙を書きました」

しかし、はじめのうちは私の躁鬱病も笑いの種とされていたようであるが、のちにこれは三島さんをまたしても怒らせることになる。

私が『白きたおやかな峰』を書きあげたあとのこと、突然に電話がかかってきて、

「あの題名は文語と口語がごっちゃになっている。白いたおやかな峰か、或いは白きたおやかなる峰か、白きたおやかの峰、とすべきだろう」

と言われた。考えてみればその通りである。しかし、語感の点から、また短歌などで文語、口語をごっちゃにする例もあるので、私はそのままにした。

次に記す昭和四十二年八月の手紙を書き写すかどうかを、私はしばらくためらった。これは私にくださった最後のかたじけない手紙で、私一人隠し持っているのが自然のことであろう。しかし、この五枚の原稿は本来、雑誌に発表するべく書かれたもので、公的な性質のものである。それはきびしい批判で、『白きたおやかな峰』についての批評の中で、いちばん私が胸に応えたものであり、かつ三島文学研究者のためになると思われるゆえ、あえて引用しておく。

はじめに一枚の原稿用紙に書かれた手紙がついているが、いかに一介の後輩に対しても、実にハッとするほど丁寧で、親切な方であったかがわかると思う。

「久しく御無沙汰してをります。実は小生恥かし乍ら一種の『友情』を押し売りいたします。同封の原稿は、文学界から五枚の原稿を頼まれ、書いたものですが、思ひ返して、文学界には他の原稿を送り、これは貴兄にお送りすることにしました。大ぜいの第三者に読ませるより、貴兄御一人だけに読んでいただくべき原稿である、と思ひ返したからであります。定めし不快な読後感かとも存じますが、微衷を汲み取られんことを切望いたします。折角の御研鑽を祈って止みませぬ」

そして、次の「アプローチ」と題された五枚の原稿が同封されていた。

北杜夫氏の『白きたをやかな峰』を読んでゐて、私はたびたびこのアプローチといふ英語を思ひ出した。山岳小説だからといふばかりではない。小説といふものは、何に向ってアプローチするものなのか、といふ問題が、これを読んでゐる間、私の頭を離れなかったのである。

この小説の後半は、その迫力、そのクライマックスの凄絶さにおいて、見事の一語に尽きる。読んでゐて胸がドキドキしてくる。登山隊に思はず声援を送りたくなる。自分も一緒に登りつつあるつもりで、両手を崖へかけてゐるやうな気分になる。標高差わづか七、八十メートルのところまで来て、

「しかも、そのまろやかな山頂、その右端がきらりと輝いた。純白なうへにも眩ゆく、玲瓏と輝いた」

といふところは、ディランといふ山の女性的な魔性をみごとに表現してゐる。

しかしそれが文学的感動かといふと、どうもさう云ひきれないものが残るのが、この作品の疑問点である。ここまで来ると、山が文学的象徴として高まってゐるといふのではなくて、文学の代りに山が代置されてゐるやうな疑ひが起きて来る。

尤も、こんな問題は人によりけりで、山の誘惑がここまで描かれてゐれば、文学なんかクソくらへといふ立場もあるだらう。しかし、その立場を論理的に徹底させれば、登山といふ行為だけで十分であって、何も一個の文学作品を要しない。むつかしく言へば、この種の作品の頂点では、ディラン登頂の挫折の悲劇的感動が、そのまま文学的感動と同質になり、山と文学とが同じ標高で併立してゐなくてはならないのである。

そんな疑問を読後に起させるのも、やはりこの小説の前半に問題があるからだと思ふ。ドクターの描写が、ドクトル・マンボー的な既知のイメーヂと馴れ合って、ところどころで人を笑はせる芸を見せるのも残念だし、それが二一一頁で、文学的覚醒をほのめかすのも不調和である。登場人物は概して浅いノミで刻まれ、前半は単なる紀行文や記録の平板な文体で、ドラマは山一つに引きしぼられてゐる。山一つに引きしぼられてゐるといふのがわるいのではない。問題は、読者に呈示されるその山のイメーヂが、あまりにも文学的に貧しいのである。私が不当な評価をしてゐるのではないといふ証拠に、山を描くその言語の数例をあげてみよう。

「世界中の登山家たる者の夢の象徴である高峰が」

「その背景をなす虚空のあくまで色濃い群青さによるためかも知れなかった」

「なんといふ完き純白の姿、……まったく白かった。どこもかしこも白かった。……デイランはお伽の国の魅惑にみちた特別製の砂糖菓子のやうに眩ゆく光り輝いた。裸身をむきだしにして一同をさし招く純白のあえかな美女」

「この大自然の形造る魔術に幻惑されて」

　かういふ言語表現は、ほとんど何も言ってゐないに等しいのである。

　つまり、この小説ではドクターは一副人物にすぎないが、何といふ動機もなくついて来たやうに描かれてゐるこのドクターの軽みが、隊長以下の全人的行為の重さを、言葉だけで支へやうとしたところに、難点を生じたのだとしか考へやうがない。すなはち、作品全体は、果敢な登山隊に対する一ドクターのオマージュとも読めるのであるが、一つの行為に対する、言語の側からの憑依力が欠けてゐる点が、いかにも残念である。表現者は行為者に対立し、同等の重みを持たねばならないのだ。表現者には、そもそも行為者にとっては一つの目標であるにすぎぬ山を、目標としてではなく、存在として十分に準備し、イメージとして十分に喚起する使命があった筈だ。

　かくて『白きたをやかな峰』の与へる感動は、一生けんめいな行為の与へる感動に尽き、声援とスリルの興奮に尽きたのである。

　私がアプローチといふ言葉を脳裡に浮べたのは、主として、このやうな感想からであった。山へのぼる道をまちがへるのは、アプローチのまちがひであり、小説といふ一見自在なジャンルは、人がまちがへやすい種々の「いつはりのアプローチ」をしつらへてゐる。それはクレヴァスのやうに危険であり、文学はディランよりもさらに意地悪な、さらに魔性に富んだ山である。

『白きたをやかな峰』には、作者の物語的構成力と、挿話の巧みな配列と、漸層法と、そして何よりも、強い若々しい筆力が具はってゐるだけに、なほのこと、私は右の諸点を憾みに思はずにはゐられなかったのである。

そのうえ、この小説にまつわって、なにかの折の電話で、私は三島さんを憤らした。つまり、「躁期でつい筆がすべりまして……」と言うと、

「文学には躁も鬱もない！」

と、大声で怒鳴られた。

三島さんは弁解が嫌いな人である。私が躁鬱症を弁解に使ったことにはよほど腹を立てたとみえ、親しい編集者にもその旨を洩らしていたという。

だが、私の躁鬱病はそのあと悪化するばかりで、躁のときの言動がはっきり常軌を外れてきた。いろんな人に失礼なことをしたが、三島さんに対しても、あるときは明治村を見た帰途、新幹線の中から電話をし、不在なので、お手伝いさんに、「じゃメモしてくださ

い。三島さんの庭にあるギリシャ彫刻はちゃちなイミテエションだから売りはらって、明治のガス燈を購入されるよう。そのほうがよほど風格がある」とか、あるときはやはり不在なので、「三島さんの文学は肉体を鍛えたから生れた。アタマがダメになればこれはもっと影響がある。文学と躁鬱病は関係大ありですよ。今度言いあったら絶対に負けない！」とか、電話に出られた奥さまにむかって怒鳴ったりした。

三島さんは繊細な幼児性から豪放な幼児性まで多分に有していたが、根本は節度を守り、配慮の行きとどいた、礼儀を重んずる人である。それを私は全部破った。まさしく「旧恩に報いるに暴をもって」したといってよい。

鬱になると、そういうことを後悔して、もちろん手紙一本出さないから、その後ずっと三島さんと無縁であった。なにより、三島さんが想像を越えた別の世界へ行ってしまわれていたことに、ほとんど私は気がつかないでいた。

憶いだして、やはり後悔に胸が痛むのは、伊藤整氏の御葬式のときのことである。私はそのころ悪性の躁病末期で、感情がひどく激動し、バカ笑いを始めると思うと、次の瞬間泣きだしたりしていた。伊藤整氏とは個人的にお話ししたこともないが、敬愛する文学者だったので、私はもの悲しい気持で行列の中にまじって立っていた。

すると、ふと気づくと、数メートル先の行列の横に、三島さんがいて、誰か外人と話していた。そして、ひょいと顔をこちらに向けた。その瞬間、私は反射的に、パッと挙手の礼をしてしまったのだ。しまった、失礼なことをしたと思ったが、体のほうがそういう具合に動いてしまったのである。三島さんはそのまま顔をそむけ、なおしばらくを外人と話してのち、足早に向うのほうへ歩いていった。

事件のあと、私はただ愕然とし、ちょうど鬱病が回復しはじめたころだったのが、また深い鬱期に陥り、ほとんど一ヵ月半を寝ていた。三島さんについての原稿を頼まれ、書きだしたこともあったが、どうしても書けなかった。

今回、備忘にもと思って、三島さんの御原稿「アプローチ」を除き、ごく表面的な思い出を記した。殊さらに、空とぶ円盤とか女の子にキャーッと言われたなぞというたわいもない手紙を引用したのは、三島さんがもっと後年まで、そういうところも残されていらしたら、という私のひそかな願望かも知れぬ。しかし、氏は急速度にそうした一切のものを切捨て、固く狭く閉ざされた、第三者にはまず了解し得ぬ世界へと去っていってしまった。そのことがやはり私個人としては残念でならない。

同人誌時代の追憶——保高徳蔵氏

私が仙台で大学生活を始めた頃、本屋の店頭で「文藝首都」という雑誌を見つけた。私はすぐそこに投稿し没になって、なんというダメな雑誌だと思ったが、次の掌篇投稿が活字になったので、現金な私はすぐ会員になり、つづいて原稿を送っていたところ、やがて本欄に載せるという通知を頂き、一、二篇発表できて同人となった。

私が文藝首都社を訪れたのは、投稿掌篇が活字になった大学二年生の春休みのことである。私は相当に嬉しく、雑誌の後ろに合評会があると載っており、休みに帰京した折と合致したので、勇んで出かけていったわけである。

時間をかけて文藝首都社を捜しあてると、小ぢんまりしたむしろ貧相な木造家で、しかし小さな玄関は無数の靴や下駄で埋めつくされており、そっとはいると、すぐ前の廊下にまでぎっしりと人が群れて坐っているので、私は気おくれと武者ぶるいのようなものを感じた。人々の間に割りこんで坐り、じっと合評を聞いていると、まだ本欄の小説の批評で、二間つづきの部屋はぎっしりとつまった人々の群で一種の重苦しさが漂い、私は内心こわかった。様子を窺うと、むこうの正面の中央に、小柄ではあるが肥られてどっしりした老人が坐っており、人々の言うことに、黙って、ときどきにこやかにうなずかれているのが見えた。あの方が保高先生なのだな、と私は想像し、またその直感は当っていた。

批評はごく一部の人しか発言しないようだったが、それら熱心な人々は雄弁をふるい、殊に一人の学生服姿の（私もそうであったが）大学生が、小説における色彩論というようなものを長々としゃべりかかると、保高先生がふと口をひらかれ、「君、そういうことは大学でやって下さい。ここはこの小説の批評をして下さい」という意味をおっしゃり、大学生は沈黙した。私はなるほどその通りだと思い、しかしこのいかにも文学の道場らしい雰囲気がいささかおそろしく、保高先生は滅多に口をひらかれないのだが、もし自分の掌篇をあんなふうにきびしく批評されたらどうしようかと小さくなっていた。ところが、批評会は掌篇までいかずして終ってしまい、すると今度は私はガッカリし、どうも誰も掌篇なぞは読んでくれないのだなあ、やはりこれはいつかは本欄に載せられねば、とあらためて思いながら、なんだか憎たらしい大勢の人たちに伍して、そのときはそのまま、その家を辞した。

それが少し経っていよいよ本欄に載せられることになり、同人にならないかとハガキに記してあるので、私はどうだと勢いこんで、たしかその冬の休みに帰京した折、批評会とは関係なく文藝首都社を訪れた。同人らしい方が私の作品を丁寧に批評され、とてもいいがここは悪いから直して載せぬか、と親切に指導してくれた。そのとき、保高先生も出ていらして、わるくない、と励まして下さったように思う。とても優しい感じで、こうして一人でお目にかかると、合評会のときの威厳とは別人のようで、孫に対する慈父のような感すら受けた。私は心から先生とその同人の方に感謝し、次作もすぐ送りますと言って、直すように渡された原稿を抱き、今度こそ本当に嬉しくそぞろにお宅を辞した。その同人の方は、当時編集をやっておられた吉富氏であり、一作目か二作目を発表したあと、外でお酒を（屋台であった）ご馳走してくれたりした。そういう雰囲気であったのである。

このようにして、私はチンピラのくせに同人ということになり、ボツボツと作品を発表し、雑誌の後ろに載っている各地の合評会の評判はあまり芳しくなかったけれど、休みごとに合評会にも出席した。そして、やっとその空気になれると、学生服の私も次第に安心して、いつしか鼻もちならぬ生意気な存在になっていってしまった。保高先生が優しすぎたことも原因であろう。当時は、合評会のあと、同人だけが残って同人会をやったのだが、私とはまだ関係ない編集委員会はまた別で、この同人会はショウチュウをのむ無礼講の宴会なのであった。そして、酒もまだショウチュウなので、みんな悪く酔っぱらってしまって、たいへんな騒ぎになるのであった。そこここで談笑しているうちに、必ず誰かが文学論を始めてケンカになり、取っくみあったり、ヘドを吐いたりするのであった。そういう中で、先生は超然としておられた。お酒もお強いらしく少しも乱れず、だらしない連中は勝手にさせておかれた。

私は最初こそそのフンイキにおどろいていたが、やはり文学志望の生意気な小僧っ子であったから、ショウチュウを人の二倍飲むと、他の先輩の方々の間でも平気になり、文学論をふっかけられてちっともわからなくても、「なに言ってるんだい、この子は」なんて言ってしまい、そうすると、文学論をふっかけたずっと先輩の頭のはげた同人の人は本気で、「この子とはなんだ。私はあんたなんか孫くらいに思える年齢なんだぞ」とすごい勢いで怒りだしたりしたが、私はショウチュウの酔で頭がクラクラしているせいか平然としていた。その席のどこかで保高先生がのんびりと目をくばられているため、どうにかなぐられずに済んだのかも知れぬ。

その後、大学生活を終って帰京し、いよいよ頻繁に文藝首都社に出入りできるようになると、作品とは別に、その生意気さから編集委員の地位にもなり、自分でいうのもへんだが、次第に陰然たる小ボスみたいな存在にのしあがってきた。なにも私一人がそうだったわけではない。私より若いか同年配か少し上の、田畑麦彦、佐藤愛子、日沼倫太郎などの諸氏（同年配なので仲間であり飲み友達でありケンカ仲間でもあった）も、みんな私より以前か同じ頃にはやはり小ボスであった。これら私を含めた生意気な連中は、先輩の年配者同人に負けぬよう徒党を組んだりした。

本来なら、まともな同人に追っぱらわれて然るべきこうした若いヒヨッコたちを、保高先生はむしろかばって下さった。佐藤愛子さんは、私が帰京した頃、「青い果実」を書き、つづいて次々と佳作を発表したが、当時、先生にいちばん目をかけられていた存在で、私も佐藤さんのことを保高先生（先生のことを若い連中はかげでトクさんと呼んでいた。徳蔵のトクなのだが、いかにも先生の人柄を現わしていた。多分、田畑君辺りが言いだし、みんなに感染《うつ》り、私もこの呼称がずいぶんと好きだった）が口を極めて讃めるのを聞いたことがある。あまり讃めるので、他の古い同人でイヤな顔をした人もいたし、仲間の私すらシットの念を感じたと思う。しかし、今から思っても、佐藤さんのその処女作は実に初々しいもので、保高先生の目はその当時はやはり確かだったといっていい。

私ら若造たちは、次第に同人会ででかい顔をしてきたのだが、当時のその同人会は戦後派のなごりのようにショウチュウの匂いばかりする懐しいものであった。先に書いたように、誰かがケンカを始めてもゲロを吐いても、先生の人徳のせいもあって、座は最後まで全体としてはなごやかな気分であった。いま急に思いだして今さらのようにおどろくのは、老人である先生が酒が強いばかりか、腕力もお強かったことである。先生はケンカ（あまり屢々《しばしば》醜態の場面が起るので、同人たち自身が「これじゃ文藝首都じゃなく文藝酒徒だ」と言ったものだ）の際に場を収める役であられたのだが、あるとき、酔った若者が口論を始めると、「君、やめろ！」と言われ、なおもやめないでいる若者を、いきなりひっくり返されたことがある。ひっくり返すとこう書くといかにも描写力不足で、ただ描写もできぬほど素早くなにかその男の膝の下に手をやられたかと思うまに、その男は手品のようにくるりと一回転したものだ。活字を読んでもわかるまいが、どうも何かの技としか思われなかった。昔から先生は酒好きであったと聞くし、その時代おそらくケンカもされ、そのころ体得なさった不思議なる術なのではあるまいかと私は思った。さすがにその武術を目撃した私がおどろいて古い同人に尋ねると、しばしばいざという際、先生はその術を使用されたという噂であった。

酒席の先生の唯一の欠点は（私ら若造から見た）、最後にいよいよ御機嫌になられると、得意の義太夫をうなりだされることであった。これはほんとは上手であったらしい。しかし、私たち、少なくとも田畑君と私は顔を見合せ、どうもわるい会にはいったものだと、こっそりグチをこぼしたものだ。というのも、その義太夫が始まるまえから、宴がたけなわになると、勝手に唄いだす人もいたし、やがて先生はそれをけしかけ、指名されたりなさるのであった。気の毒な田畑君はあるときシラフのうちに指名され、すっかり困惑し、慶応の応援歌かなんか歌ったのを覚えている。そして最後に、いよいよ先生がうなりだすのである。これは傾聴するに価するものであったらしく、少し年寄りの同人らはみんな静かになって、合いの手を入れたりしてじっと静かに聞きいるのであった。が、そうした座が静まり先生が手ぶりをまじえて始められると、義太夫がわからぬ私や田畑君は、笑っては怒られるだろうし、実につらい時間を過ごさねばならず、あとで、文藝酒徒の会はおもしろいが、あの義太夫さえなかったなら、などとこっそり話しあったものだ。しかし、それもすでに昔の夢である。

その頃は先生は若者らよりお元気で、私たちをひきつれ外でよく飲まれたものだし、今ようやく中年になった私たちがたまに会って話すことは、時代も時代だったが、あの頃の会員、同人、先生、みんな実によく飲んだものだなあ、という感慨ばかりがよみがえるのである。大半は屋台であったが、私たちは、先生につれられてゆくとよくタダで飲めるので、無理をしてでもついてゆくのであった。

また、お宅でも、みんなよくご馳走になった。今から考えると、本当はこれが先生や文藝首都を害したといえようが、昼間から誰かが先生の宅に用事や私用でゆく。先生はその人に会って話しこんでしまう。するうち、また誰かがきて、話はもっと長びき、夕方になり、すると酒もり開始となってしまうのであった。こうした悪い存在がなにしろ多人数であり、私もその一員であって、なんとも申訳ないと今考えるが、またそうするのが先生もお好きであったのも不運なことであった。

ともあれ、先生は酒を愛した。時と共に酒の質がよくなるので、更に愛された。私の記憶では同人会はかなりの間ショウチュウが主だったのだが、これは時代を考えてみるとかなりずれている。もちろんすでによい酒もあればビールもある頃のはずである。これは文藝首都が貧乏であり、普通の酒は少ししか買えなかったからだ。また思いだしたが、昼間の合評会は本来はタダなのだが、申訳の茶菓が出、その費用にほんのわずかな金をみんなが出したように思う。そのあと酒徒の会となり、文藝首都の苦しい台所で酒が出、これがほとんどショウチュウで更に宴がのびると、みんながカンパを始め、先生がまず金を出し、飲助の同人らがちょっぴりずつ貨幣をボーシやカゴに入れ、それを持って奥さまがまた酒を買いにゆかれるという手順であった、と記憶する。そういえば酒やビールもあった。だが主力は安いショウチュウで、女の同人はサイダーにそれを割って飲んでいた。

こういうだらしない有様で雑誌は必然的に赤字になるばかりで、普通ならすぐ雑誌はつぶれるはずだが、いよいよ赤字で危いというとき、これを救って下さるのが先生を昔から知っておられる文壇の方々であった。当時、私ら若い者は事情がよくわからなかったが、雑誌が危いとき、これら先生の昔の友人方のみならず多くの文壇の方が金を出して救って下さったのだ。そのうち、私たちも編集委員となり、実状が少しはわかった。そうして皆が考えてみると、以前の首都勢は経済的にバカばかりだというので、少し実業家みたいな人の智恵で、もっと近代的に経理士役などをこしらえると、ますます金が不足するということがわかった。なにしろ熱心な同人たちはほとんどが金に無知で貧しいし、会員も文学者の卵であるゆえ会費を満足に払ってくれぬのであった。

そのため、いくら先生の人徳に対し御好意をたまわるにせよ、それが再三で屢々すぎるので、これ以上文壇の方に迷惑をかけてはならぬと、誰かが会員をふやすため懸賞金を出して原稿募集という迷案を出した。つまり、その懸賞の投稿者はやがて会員にもなろうし、その入会金でもって懸賞小説の賞金を払い、なおかつお釣りがくるという心算らしかった。先生はそういうことにはまったく才がおありにならぬというか、これまた無知無能でいらしたため、編集委員がこれを名案と認めて実行すると、果して山のように応募原稿がきた。ところがなんと会員や同人の原稿ばかり多く、この懸賞をきっかけに会員になってくれる人は少なく、編集委員が勢いこんでみんなで手わけして、山のような原稿を読んでいったのだが、結果はみんながへたばりきり、あまつさえ懸賞発表のときは賞金を出そうにもそんな金がありっこないということになってしまった。不幸中の幸いとして、決してインチキではなく、文学至上主義でみんなが候補作を持ち寄り投票したところ、平会員で委員ではない佐藤愛子さんの原稿が一位となった。で、表面上だけはとりつくろえた。文藝首都に発表があり、なにも知らぬ先生は、一日、佐藤さんに受賞の知らせを送り、ニコニコされて彼女にそう告げられた。何も知らぬ佐藤さんは一位と聞いて一万円の賞金をもらえるものとニコニコしてやってきたら、なんとか工面した二千円の賞金しかもらえず、実状をそっとかげで聞かされる始末であった。その二千円も仲間がその晩のうちに、新宿の屋台で飲んでしまった。

こう書くと先生も同人もあまりに無能のようだが、能はなかったにせよ必死にがんばることはがんばったというのも確かである。単に金の無心をあおいではもうみっともないというので、これまた誰かの名案で、結局同じことなのだが、文壇の先生方に色紙を頂きにいった。皆さまが快く書いて下さったが、これも私たち同人の至らぬための情ない事柄であった。少し金のある連中はそれぞれカンパもしたのだが、それでもなお赤字つづきになったのである。見かけはよいが色紙をもらってそれを売って資金にするのだから無心と同じことであった。

しかし、文壇の方々のかたじけない御芳情を、当時の同人たちはみんな忘れることはないと思う。私は三浦朱門、曽野綾子氏のところへ色紙の無心に参上した。お目にかかれぬものと思っていたのに私を部屋に通してその場で色紙を書いて下さったばかりか、ウナ重までふるまわれた。厚かましい私は平然としてそれを平らげ、色紙を見ると、三浦氏のうまからぬ御字は申訳ないがとても売物になりそうになく、まあ曽野さんの優雅な色紙で資金になろうと口には出さず辞し、さて当日、色紙展へ出かけてみると、開いたばかりの時間なのにもはや三浦氏のが売れており、申訳ないやらホッとするやらしたことを記憶している。お世辞と聞えるとわるいから、あんな下手な字を愛好するヘンな文学愛好者もかなりこの世にいたのだろう。しかし、三浦氏も曽野さんも保高徳蔵の名のはいったお願い書のみから、かような親切をして下さったのである。「首都」の誰もが普通なら門前ばらいで手にはいらぬはずの色紙を平気でかかえて戻ってきたものだ。

　二十周年のときも、そうした御芳情から盛大に会をやることができた。このときも「首都」の宣伝のため皆で手わけして手製のポスターを貼ってまわることにしたが、このころは田畑君、佐藤さんも若手のボスで、会費も払えず払おうともしない文学青年たちをひきいて、私も加わって、ぞろぞろと手頃の電柱をさがして歩いた。ひどく寒い風の吹く日で、みんなガタガタし、それを防ぐため暖かい物を飲もうとすると、同勢がほとんど金を持っておらず、田畑君などがみんな払い、さらにみんなに帰りの電車賃まで与えねばならぬのであった。会費を払う人間がこれほど少なくては、保高先生がいくらがんばっても、赤字になるのもやむを得ないといえよう。ときたま金のある人が会員になり、テコ入れをして下さるのだが、あまりに赤字がつづくため「首都」に愛想をつかして、元の通りになってしまったと記憶する。

　そうした中で、先生はずっと泰然としておられた。もともと金のことには無知すぎるお方なので、口では困ったとおっしゃっても、ぜんぜん表面は平気のように見え、それでますます一般会員は安心して会費を払わぬようになってしまったのではないか。「首都」を助けて下さった方々も、先生があまり平気のヘイザでお元気のようで酒を楽しまれるため、ごく身近の方以外、実状は単にだらしないくらいに思われたかもしれない。

　ともあれ先生はやってくる会費未納者にも、あまりに酒をふるまわれた。たまに酒をもってくる人もいても、持ってこないほうがだんぜん多すぎた。そういう私にしろ、はじめの頃、酒を持っていったのは一度しかないように記憶している。それも友人の酒で、酒屋の友人に銘酒をもたせて一緒にいき、はたして私の希み通り酒宴になり、そんな酒では足りず、結局はご馳走になってしまった。あまつさえ私はゲロゲロ吐いて先生のお宅を汚した。そのとき、私は、「首都」の連中はあまりにもだらしない、いくらショウチュウとはいえ、必ず誰か吐くのはいやしくとも文学志望者ではない、このぼくが酒の飲み方を教えましょう、などといい、そうしたら他のだらしない飲手の奴は現れず、相手は先生お一人でいくらこちらが飲んでもニコニコなさっており、そのうち私がのびて吐き、友人も吐き、そのまま二人とものびて気づいたら先生宅に寝かされていた。こんな人間ばかりきては保高先生御自身いくらお好きだったとはいえ、いつかは健康を害されるというものだ。雑誌をよくすべき同人であるべきはずの私など多くの者が「文藝首都」をわるくしていったといってよい。このとき「私はやはりミルクくらい飲むべき人間です」と先生にハガキを書いたと思うが、翌日の宿酔《ふつかよい》のときのみの一刻の気持に過ぎなかった。

先生はやさしかったが、こわいときもたまにはあった。いくら酒徒たちとはいえ、文学志望者たちの集りである。文学上の意見はみなそれぞれ違う。地方から、どうも東京在住の者の作品ばかりが載ると投書してきたりしたものだが、それは過去の雑誌を調べてみれば違うことがはっきりわかると思う。

東京在住の編集委員の間でも、それぞれ派があった。当然のことで、それが分派ケンカにならなかったのは先生の徳であり、一面「首都」の欠点ともいえたかもしれぬ。先生は一貫した文学主張というより誰の流儀も認められる方であったから、それぞれの時期の編集委員たちによって、少しは雑誌の性格も変ったと思う。文学同人誌というものはケンカわかれするのが当然なのに、ずっとなかなかそれが起らなかったのが、「首都」をこれだけ長つづきさせ、かつこれはという新人があまり出なかった一因にもなったと思う。なにしろ当時は「首都」は古く手垢がついているなぞといわれ、誰かがかなりの作を載せても一顧だにされず、同人雑誌評にもほとんどあつかわれぬある期間すらあったのだが、先生は不平も言われず、やはりニコニコされていたのでみんなけっこう甘やかされていたというところは確かにある。

反面、日沼君が「首都」の人の悪口など直言を書いたりすると先生は立腹され、これは人徳がありすぎて、先生の唯一の欠点であられたのではあるまいか。このとき、私ははじめて先生と口論した。仲間けなしが支部便り以外あまりなかったことが、「首都」という雑誌でいちばんわるかったように私はひそかに思う。

のちに一度、私は先生を完全に怒らせてしまったことがある。「新潮」が新人特集をやりだした頃で、多分そのはじめの頃、私の作も「首都」代表の一作として送られ、むろんボツになった。「首都」は古い伝統ある同人誌ゆえ、「新潮」は特に「首都」だけはふつうの同人誌は一篇というのを、内密で四篇くらい受けとってくれたらしいのである。そのときもその四篇くらいの一作として私の作も送られたのだが、みんな落ちてしまったので、その中に自作のはいっていた私も（まだ編集委員にはなっていなかった）ホッとして、そのときは自信のない作を勝手に出されては困るなんて思っていたが、何年か経って私が編集委員になった頃、また「新潮」の募集があり、私は当然（なにしろショウチュウにきたえられて生意気ざかりだったので）自分の作も送られるものと思っていた。すると、選にも入らず、他の人の何篇かが「新潮」に送られ、このときはめでたく「首都」の作が「新潮」に載ることになった。みんな仲間は喜んでいるのに、私は口では同様に言っていても内心不満で、なんと醜いことに、その作が新聞の批評でけなされたあと、ある夜みんなで飲んだ、何人かで先生と一緒に屋台へ行ったとき、「あれには異議がある。私の作を候補にも入れない他の編集委員はダメなのです。目がないです」などと先生にむかって言ってしまった。すると当然なことに先生は本当に立腹された。そして私におもてに出ろ、と凄いケンマクで言われた。先生の奥さまもその席におられて、とめられたように思う。しかし先生はまだお元気で、そんな声など聞こうともなさらなかった。私は瞬間こわかったが、先生はもう表へ出られてしまった。私も酔っていたのと、一緒にいた他の委員の手前、卑怯者と思われたくなかったから、表へ出た。もう私は闇雲に本気で先生と組討ちする決心であった。とっさに、いつぞやの先生の術が記憶によみがえり、これはやられるかなと思った。しかし、相手は老人だから最後にはこちらが勝つだろうと思った。私たちは闇の中で睨みあった。凄い先生の気魄であった。と、しばらく中腰になっておられた先生が、ふいにカラカラと笑い、私をほっておいて屋台へもどってゆかれた。私は気がつくと泣いていて、それをぬぐってから、屋台にもどった。皆の手前、平気でいるように見せかけた。いくらチンピラだったとはいえ、なんという男だったのだろう、私は。まるでブライ漢以上であった。

だがそのとき、私は口惜しくて、おれはもう「首都」をやめるなどと、当時は真剣に思ったものだ。おれのこれはと自分で思う作品を候補にも入れず落っことす編集委員などと一緒にいられるものか、などと、コドモさながらに本気で思った。

そのくせ私は「首都」同人をやめなかった。なにも先生の徳を理解したというのではなく、なにやらその御人柄に惹かれていたためにすぎない。あとでもう先生がケロリとなさっていて、私に「首都」をやめろともおっしゃらなかったためではない。どんなに文学上で食いちがって怒る先生にしろ、そんなどこか私を魅するお姿の怒りようでなかったならば、とうに私は「首都」を去っていたと思う。

その先生は今もおられ、かつ、実際にはおられない。あの若々しかった保高先生はとうにおられない。もう一年も経つか、なだ・いなだ君と一緒に先生を診察させられた。当時、先生を診ていた内科の医師の意見も二人は聞いており、医者としても信用できるなだ君がついていてくれたので、私も先生の今後の経過はまず理解できたつもりであった。そのあと田畑君ともたしか一緒に行った。私は、なだ君の意見も教え、お見舞だけして早く帰ろう、私の診察は形だけでムダだと彼に前もって言っていたのである。私はずっと以前不意にお具合が悪くなったと電話され、他の医者が今いないと奥さまに言われ、まだ医者もしていた頃なので、自信がなかったが往診したことがある。その結果は正直いってよくわからず、あとでなだ君にもきてもらった。そのあと同人の内科の先生もきてくれた。そのときの容態がしばらくつづき、今回の別の病気となられたのである。そして、専門医の話となだ君の話もきき、今度は確実に私にも予後が判定できた。

そのとき以来一度も私は直接にはお見舞に行かなかった。どんな医者でも、もはや気休めであり不要といってよかったから。この間、奥さまからお電話を頂き、先生の御容態があまり変化ないと聞き、私は本当は予期していた電話でないことに驚き、あからさまに奥さまに言った。それは医学常識に反します、と。奥様は泣き笑いのような声を出された。

それから「文藝首都」を終刊にしようかと相談を受けたとき、少し無言でいたあと私は賛成した。「首都」は断乎として会員のものではなく、ただ先生一人の化身と思えたから。その先生が――医師たちの厳たる予想に反して――まだちゃんとした意識をおもちになっているというなら、せめてそのうちに最終号を出すべきだ、と私はとっさに思った。先生がおられなくなっても、「首都」の名はずっと残るというのはマヤカシである。そんな名前は名誉ではない。なぜなら、「首都」は先生のみがただ一人でこしらえてこられた雑誌で、他の者がやっても、それは「首都」ではない。以前、先生は、私の死後もつづけていってほしいと皆に言われたのを私も聞いたが、そんなものは先生の迷妄といってよい、とそのとき私は確実に感じた。

保高先生は、その名の通り、トクさんでお亡くなりになるだろう。それならば先生がまだ意識をおもちでいられるうちに、少しでも名誉ある終刊号をお見せすることに、同人の一人として私は奥さまの意見に賛成をした。先生も本当はすでに雑誌のことがおわかりにならないのかも知れないと医者の一員である私は妄想もするが、もしそのため叱られても甘んじて叱られよう。先生は「トクさん」と冗談にその前で言えば、おそらく「なんだ？」と叱られる方であった。そのように単純で、それゆえにこそ、私たちは先生を好きであったのだ。

私は「首都」を、今になっては古い部類の同人のくせに、ちっとも育てようとしなかった。私はトクさんのお心がわからない人間だ。文学の新人を育てるなんて無意味なことと思っている人間だ。新人は勝手に育つべき存在、と私は思っている。以前、私たち若い生意気な連中は、文学は文学だなんていって、「半世界」という雑誌をこしらえたりした。それを保高先生に叱られるのがこわくって、はじめはこっそりやった。そのあと、叱って下さるはずの先生が、もう叱って下されないようになられた頃、あの保高先生がおられない雑誌がどうなろうとも、少なくとも私は知ったこっちゃないし、せめて先輩づらだけはしなかった。本当の先輩というのは戦前からの方々で、この方々も文学がわかる人だったから、先輩づらは決してなさらなかった。

ただ私も、十年くらいも編集の片隅にいたので、やっと少しは同人誌の内情、性格くらいはわかる。同人誌にへんな先輩めいたのが口出しするのがいちばんいけない。私はごくたまに、奥さまと電話で、「どうですか、近頃の首都は？　少しは生意気な奴がいますか」というと、「それが相当生意気な人もいますよ」「あ、それはいいです。若いうちは生意気じゃなきゃダメです」なんて言い、ふだんはほっておくその雑誌をたまたま読むと、かなり若手の生意気なのがいて、少し古い人もそれなりに堂々と生意気で立派な人がいて、私はこの雑誌は保高先生がもうおられぬから知ったこともないが、あのショウチュウの同人会の伝統はまだやはりあるのだな、それならもしかしたら？　と動揺しつつひそかに思ったりした。

だが私は、先生みたいな人徳者じゃないから、この人は「首都」の人でよいからというスイセンは一度もしなかった。先生もそういうスイセンの仕方はなさらなかったはずだ。先生の温顔を覚えている人々なら（今の若い人は知らぬと思う。だからせめてもっと生意気になって下さい。）、いくら先生に優しくされた人だって保高先生にもう甘えてはならぬ。

私ははじめ先生に甘えてきたからダメだったし、先生とケンカして鍛えられてやっと少しは人間というものがいくらかわかった。

　私はなんのツテもない投稿者であった。そのための雑誌「首都」であった。そういう人たちは「首都」がなくなれば困るであろう。しかし、時代はもはや違う。「首都」がなくとも、むしろその人の個性が生かせる時代になってきた。それだから、私は「首都」の終刊にサンセイしたのだ。しかし、昨今のように才ある新人がいつかは認められる世界になれたのは、「首都」或いはその幻影がいくらかは貢献しているのではないか。先生はトクさんすぎて、御自分の作品をあまり書かず、そんなことではダメだったと本当の文学者ならいえようし、私も文学志望の小僧だったから先生とケンカもした。だがその先生は、アッという間に、酔っぱらいの文学青年をひっくり返すぐらいできた方であった。

　いくらも憶いだすことはある。保高先生が文壇の先生方の仲間であったから、「首都」のチンピラたちもそういう先生方になんかの機会でお目にかかれた。なにかの会のあと、中島健蔵氏が前におられた。松高の会か「首都」の会か、記憶が定かではない。その前で、小僧の小生意気な学生の私は、「文学者、あるいは文学志望者ってみんなへんですね。イヤな奴ばかりですね」と言った。すると中島さんはニコニコされて、「しかし君、ほかの世界に比べれば、まだよほどきれいな世界だよ」という意を言われた。私はそのときは不満だったが、少し歳をとって、そのおっしゃられたお心がいくらかわかる。「首都」のことについては、私たち若手と先生の間には男同士の、ここには書けぬことはいくらもある。そういう文学者のだらしない、かつ他の世界よりまだマシなつきあいを教えて下さった先生が実際にはおられないから、私は「首都」廃刊に賛成した。先生の、私がひそかに想像するおそらくぼんやりなさった頭脳では、この事実はおわかりにならないだろう。しかし、本来なら怒られるはずのトクさんは実際にはもうおられない。先生のおられぬ「首都」は無意味と私は考える。しかし「首都」はなくなるにせよ、その化身であられた先生のことを、世人がいつか正当に思いだして下さることを祈るばかりである。

（後記。保高先生はこの原稿の載った「文藝首都」終刊号の出た年、昭和四十六年六月に亡くなられた。つつしんで先生の御冥福を祈る。）

甲斐ない推察――川端康成氏

私は本質的には人見知りをするほうで、なかんずく尊敬する文学の長老の前に出るのは苦手である。中でも、川端先生がこわいという意識は並々ならぬものがあった。いくら人から、先生があるときはごく優しいとか、気さくな方でもあると聞いても、どうしてもこわくてならなかった。なにより、あの何物をも見抜くような目が。

そのため、私は先生とわずかな言葉でも交したのは、昨年まで一度もなかった。文壇のパーティなどで先生がいられると、御挨拶する勇気もなく、そばに近寄らぬことにしていた。たまたま、ひょいと見ると先生がすぐ前にいられるときなど、お辞儀をして慌てて逃げた。

それでも先生は丁寧な方で、お送りした私の駄著に対し、一時期、巻紙に毛筆の礼状を下さった。それが達筆なので一部私には読めなかったりするので、いっそう恐縮した。

そのお手紙の中で、私のある短篇集について、父茂吉の死を描いた「死」を特にとりあげてあった。私にとっては意味のある作品だが、客観的にいって、小説というより随筆めいたもので、べつに讃められるような作品ではない。ただ、その中に父の老醜の姿も描いている。川端先生は、小説のできというより、そうした文学者の老残の姿、その事実におそらく興味をひかれたのであろうとそのとき私は思った。

また、やはりお手紙の中で、父の某女流歌人への手紙が鎌倉の古本屋に出ている、と記されてあった。よければあなたが入手したら、というお気持であったろう。

ところがそのとき、私は躁期でいささか常軌を外れていた。それで、小生ごときにわざわざ礼状を下さって貴重なお時間をつぶさないようになさって下さい、という意を、もっと変てこにあたかも命令するような調子で書き、あの女流歌人は大嫌いであります、と書いた。それにはある理由があるのだが、先生に言う必要もないその女流歌人の悪口をしつこく書いた。

それきり川端先生からは本の礼状がこなくなってしまった。私もノーマルな時期になると、その失礼な手紙をいたく後悔し、罪悪感も抱き、いざ先生の礼状が頂けないとなると、現金に損をしたと思った。

それゆえ昨年、ある文学に関する会合で、先生と否応なくお目にかからざるを得なかったときは、いっそうこわい気がした。思いきって先生のそばに行き、いつぞやは失礼な手紙を差しあげて、とあやまると、あれは昔のことですから、と笑っておられた。しかし、昔のことですからとおっしゃるからには、その当座は先生はやはり立腹されたのだろうと思って、私はなおびくびくしていた。

そして斜め前の席からひそかに窺っていると、先生の態度はよく人の言うように、ごくくだけたものであった。一見非情のように見えるその目も、ニコニコとされるときにはごく人なつこく、ときにヒョウキンに見えることがある。非情と情とが、一瞬一瞬に交替するような目であった。

やはり人の言うように、概して寡黙であるが、ひょこりと、中間誌にエロチックなことを書く某作家について、

「あれ、読んでいますよ、おもしろいですよ」

などと言われる。

会議は意見の対立があって難航したが、そうした中で、先生は果して皆の話を聞いているのかどうか放心したような顔をなさっている。そのくせ、意見を求められると、

「どれもこれも似たような作品ですね」

とぽつんと言われ、そのなにげない発言がやはり鋭く重たいので、大勢がそちらのほう

に傾く、という調子であった。

そのうち、主催者側の発言に齟齬があり、某作家が立腹された。すると、それを受けたかどうかわからないほど唐突に、川端先生も立腹された。「委員をやめます」とまで言われた。

飄々と、天衣無縫に、あるときはにこやかに、あるときは無関心の体をなさっているのだが、突然きびしく毅然となる。

以前、吉行淳之介氏が先生に「近ごろ銀座のバーへ行きますか」と尋ねられ、「高すぎて、バカバカしいからあまり行きません」と答えると、「それなら払わなければいいでしょう」とおっしゃられたそうで、吉行氏は、「やはり達人だと感じた」と話した。

そのようないろいろな意味で達人、名人でいらした先生が急にお亡くなりになってみると、日本にはすぐれた作家がまだ相当に存在しているとは思うものの、なんだか日本文壇の半分までもがぽっかりと空白になったような感じがする。

ほとんど先生を知らぬ私に雑誌が原稿を要求したのは、私が医師であるからだろう。

一般論で、無理矢理医者の立場でいうと、老人の自殺の場合、まず老人性鬱病が考えられる。しかし、鬱病がひどくなると何もかも無気力になり、人と会ったり外出したり話したりすることがほとんど不可能になる。ペンクラブなどの先生の活動ぶりからいって（最近の状態がわからないので推察しにくいが）、まず考えられない。しかし、少なくとも当日、鬱状態であったことは確かであろう。新聞によると、自宅を出られたときからいつもと変っており、タクシーを道端で待たれたこと、知合の運転手とほとんど口をきかれなかったことから、それが推察される。ちなみに、鬱病の自殺は他の自殺者が往々失敗するに比し、完璧にその目的をとげることが特徴でもある。

もう一つは眠剤の服用である。数年まえ、それがひどかったころ先生を診察した某医師の話によると、はっきり眠剤中毒といってよく、痙攣発作を起したり、しばしば倒れられて体のあちこちに傷を負うというような症状であったという。しかし、先生はそこから立直られた。やはり芯の強い方であった。だが、最近また薬を始められたと聞く。

薬品中毒で薬がきれかけたときには、本人はごく苦しい。よく眠れなかったあとのどんよりした頭痛や頭の重苦しさは、他の疾患のそれに比べて実にイヤなものである。イライラ感がまた激しい。と共に、薬を使用したことに対する不安感や自己罪悪視が強く伴う。これは床屋の主人に言われた「四日も眠っていない」とか、三浦朱門氏の「最近の先生は感情の起伏が激しかった」という談話に符合する。

主治医の方が「眠剤は与えていない」と言われているが、薬品中毒の場合、ひそかに薬を入手し隠れて飲むということのほうがむしろ普通である。マンションに薬びんが残っていなかったというが、錠剤だけを隠し持たれたということも大いにあり得る。

私はやはり先生がある程度薬を飲まれたのではないかと想像する。それとウイスキーである。眠剤はアルコールによって吸収が早くなるし効目も強くなり、両者を併用するのは禁忌になっている。一人前でもない医師の私がこういうことを厚顔に書くのは、私も眠剤をやっている一人の患者としての体験もあるからである。

先生は芯の強い方であるが、同時に繊細で鋭敏すぎる神経の持主であろう。強靱な部分と、弱い部分とが併存していたことであろう。そこに積み重なる心身ともの疲労である。そして、薬とアルコールによる半ば朦朧とした意識、それも鬱的な意識のなかで、その弱い部分が前面に出、夢ともうつつともつかぬうちに、ついあのような行為をなさったのではあるまいか。

もちろん、これは一医師のごく常識的な推定であって、甲斐もなく、意味もなく、ひたすらむなしいものにすぎない。

医師から離れた私一個人の気持では、私がやはり日本人であるせいか、先生の死は半ば自然死、或いは新聞談話で中村光夫氏が言っておられた事故死に似たもの、と考えるのがぴったりするような気がする。合掌。

（付記。先日、私は久しぶりにヨーロッパへ行った。そして、そうした異国の土地をしばらく旅していると、川端先生は「美しい日本」でなくなった日本にはっきり絶望なさったのではないかという気持がしきりと私を襲った。）

Ⅱ

鬼座長について——遠藤周作氏

遠藤周作氏が座長をしておられる素人劇団「樹座」は、昭和四十三年第一回公演を行なった。これが超満員の大盛況で、そのころ躁病であった私はつい口惜しくなり、シット心を起し、あれほど醜悪な演技ならおれにもできるのではないかと、つい入団を志願してしまった。そして一昨日、その第二回公演に出演し、心身共にガックリきて、自殺したい発作を辛うじて堪えているところである。

出し物が不遜にも「ハムレット」で、更に破廉恥にも私は四人目のハムレットであった。この劇団は主役が一人ではとてももたないので、一幕ごとに代打が出る。

それでも、初めの予定では、私の出番はごくわずかで、セリフもちょっぴりで、なんのことはないと思っていた。しかも、出きてきたパンフレットを見ると、芥川比呂志氏の御文章がのっており、私は日本人のハムレット役者として最高年齢の新記録である、と記されてある。これを見ると私はすっかり得意になり、鼻の下を長くしていた。

ところが、公演一週間まえの初めての練習日、いきなり一幕を追加された。けっこうゴッソリと台詞がある。（本当はハムレット全体のセリフの十分の一にすぎぬのだが。）これから私の塗炭の苦しみが始まった。本職の俳優の方は、あんなセリフを一体どうやって覚えるのだろう。

しかも、ここでわれらの座長、遠藤氏の邪悪なるシゴキが始まる。私が稽古の席で、一人台本を必死になって暗記しようとしていると、

「あ、新米のくせにおれより上手にやろうと企らんでいる。よし邪魔してやるぞ」

と、だしぬけに隣りで自分のセリフを、不気味にも陰々滅々たる声で朗読しだすのである。そのおそるべき声を聞いたら、誰だってすっかり頭をやられてしまう。

更にこの座長の邪智奸佞《かんねい》たるや物凄く、御自分に対しては、すばらしいインチキを案出した。即ち彼は亡霊の役で、すっぽりとしたマントを羽織ることになっている。そこで小型のテープレコーダーに自分のセリフを吹きこみ、これをマントの下に隠し、耳にイヤホーンをさして、カンニングすることにした。そして、ジロリと私の顔をにらみ、

「これで、おれはもうセリフを覚える必要ない。じゃ北、君はそういかんから、明日はすっかり覚えてこいよ。セリフも入らなくては、皆に迷惑だからな」

座長という者は偉いのだろうが、下っ端座員に対するこの嫁いびり、邪心と悪意、私は夜半、絶望の涯にひそかに泣いたものである。（実は氏は、作家として北はもうだめだから、将来役者として飯が食えるようにと、心を鬼にされたとあとで聞いて、私はまた涙をこぼした。）

ところが次の日、座長が練習しようとすると、このテープレコーダーの調子が狂ってしまい、てんで役に立たぬことが判明した。私は心の中で快哉を叫んだが、座長は今度は舞台に持ってでる棒にセリフを書きこみ、本番でもそれを読むことにした。この座長は大学もちゃんと卒業され、留学もされた秀才と世に伝えられているが、これまでの人生を、すべてこのようなカンニングによって渡世されてきたのではあるまいか。（付記。氏があまり淀みなくセリフを言ったので私はつい誤解したが、氏は本番では眼鏡を外さねばならなかったためこれが読めず、本当に頭からセリフをしぼりだしたというのが真相という。やはり氏は秀才にして天才のようだ。）

ところで、さて公演の日の午後、初めての舞台稽古があった。それだけでもう喉がかれてしまった。「雲」の御好意で手助けにきてくだされた本職の方に訊き、私は何十回もウガイをし、飴玉をしゃぶり、楽屋では色青ざめてふるえていた。本職というのは偉いものだと思った。その方にメークアップしてもらうと、寝不足でどんよりと濁った私の目が、どうやら人間の目らしく見えてくるのである。

本番のことは書きたくない。ただ、自分以外のことを書けば、今回の公演は前回よりもずっと笑いが少なくなった。悲劇で笑いが起っては困るのであるが、これこそわれらの劇団の誇る特色で、そのために客もくるのである。つまり、昨年からのベテラン団員たちがみんなうまくなり、かすかに悲劇に近づいたわけである。これも「雲」から演出にきてくださった荒川哲生氏の御教示によるもので、たとえば練習のとき、ある役者がセリフを叫ぶと、それがあまりに突拍子もないためみんな失笑したのであるが、そこの発声も直され、本番のときは客席はしんとしていた。演出家という方がこれほどの才能を有しているかと私ははじめて知ったが、「樹座」の場合に限り、あまり上等の演出家にこられると、やがてつぶれる運命にある。

それにしても、これまで私はごくわずかの芝居を観、幕あいの廊下でけっこう生意気に批評などしたものだが、もう金輪際そんな真似はできぬ。舞台に出て、セリフをしゃべり、そのセリフが観客に聞えるということだけでも、すでに奇蹟であり、「雲」上人でないとできないことと体得した。いや、ここしばらくは芝居を観たくもない。まともな舞台を見ると、その見事な演技とひき比べ、あのときの自分のみじめさ、醜悪ぶりが思いだされ、客席で悶絶するであろうからである。役者をしてみたことのない皆さま、芝居とはそのようなものでありますぞ。

車――遠藤周作氏

私は車の運転は、正直のところ下手である。免許はもう四回か五回書きかえたから、作家たちの中では免許をとったのは古いほうであろう。

しかし、滅多に動かさず、殊にウツ期にはそれこそ何ヵ月も自分で運転することがないから、いつまで経っても下手である。未だに、ちょうど車一台分が辛うじて空いているところに、うまく車を辷《すべ》りこませることができない。こうして、下手であると書くのは、事実のことであるから仕方がないが、ある人物に比べればケンキョというものだ。

その人物とは、遠藤周作氏である。

しばらく前、ノークラッチでも免許がとれるということになり、某週刊誌が、それについての各氏の意見を特集した。

すると、遠藤周作氏談とあり、

「ノークラッチなどは車の運転ということにならない。ノークラッチの車は、追越しのときスピードが出ないのであぶない」

　という大意の意見がのっていた。

　この意見は、まずまず正しいといってよいだろう。しかし、これを読む読者は、遠藤氏がかなり車にくわしく、かなりの運転技術を持った方だと想像せざるを得ない。それは狐《こ》狸庵《りあん》先生のことだから、いくら突拍子もない御発言をしてもかまわぬし、それが日本文化を高めてくださるのだが、こと車のことに関し、まるで自動車評論家のごとき口をきかれるのは、厚かましいというべきではないか。

　私は運転は下手だが、ふつうには運転できる。それに比較すると、遠藤氏が免許をとったのは、二年まえほどのことである。免許をとりたてのときは、子供が自転車に乗れるようになったように嬉しいもので、氏も軽井沢などでよろよろと運転なさったものだ。拙宅へ御自分で運転してこられたこともある。

　私の家は、道が狭くて車がはいらない。それで非常に困っていたところ、隣りに、Ｉ自動車の寮があり、その会社の御好意によって、その駐車場に車を置かせてもらっている。寮に会社の車がこないときは、まるで私のための駐車場のようでもあり、それでも管理人の方も親切にしてくれ、かたじけないやら申訳ないような気分で、ここ何年か御好意を受けている。

遠藤氏は、その寮の広い庭に車を運転してはいってきたのだ。その片隅に氏は駐車した。それまではよい。氏はどこにも車をぶつけず、死傷者も出さなかった。

しかし、氏が帰られるとき、氏はじろりと自分の車の位置を見た。車の前方に木があり、してみると、少し後退して、それからいかにハンドルを切って、と優秀な頭脳ですばやく考えておられたのであろう。

次の瞬間、氏はこう叫ばれた。

「おーい、Sくーん」

それから、

「ちょっとこの車、まわしてや」

Sさんというのは氏の有能な秘書嬢である。仕事の手伝いはもとより、遠藤氏が運転するときには、横に同乗して、「もう少し右」「あ、あぶないです」「ブレーキです、ブレーキです、あ、左です」と間断なく指示せねばならぬ役目も負っていたようだ。

ところで、その広い庭で車をまわすには、下手な私ですら目をつぶってもできる空間があったのだ。車一台ぶんのところに駐車するどころか、ゴビの砂漠のごとき広々とした庭が。

右は、すべてまったく事実そのままである。

従って、狐狸庵山人は、世のすべてのことに卓抜な御発言をなさってもよいが、車については沈黙なさっているほうがよいと考えるのだが、いかがなものであろうか。

狐狸庵先生にはかなわぬこと――遠藤周作氏

狐狸庵こと、遠藤周作氏は、芯は深刻な大問題をかかえていられる大人物だが、人と会ったりするときは、持前のテレとサービス精神から、むずかしい顔は一切なさらない。口にすることは愉快なバカ話とか、あるいはワアワアギャアギャアと訳もなく騒ぎ立てていらっしゃる。

しかし、氏の人間性は海よりも深く、氏の人格は山よりも高い。このように軽薄な讃辞を呈すのには訳がある。私が氏からずいぶんと恩義を受けているから、氏を讃めるのでもない。

実は私は遠藤氏に長らくウラミを持ち、一度ギャフンと言わせてやろうと、前々から狙っていて、そのたびに返り討ちにされてしまうのだ。

バカ騒ぎの席で、冗談や悪口を言いあっても、向こうのほうが頭の回転が早いし、甲高い胴間声というかドラ声を張りあげるから、どうしても私のほうが圧倒される。と思うと、「北の奴はおれの家の酒をこれだけ飲んで、礼としてしなびたキュウリ三本しか持ってこぬ」などと随筆にお書きになるから、「北さんてそんなにケチなのですか」と読者から非難の手紙がくる。

キュウリ三本は事実だ。しかし、これは大先輩のところに、あまり高価なものをわざと持っていかないという、謙虚な心根からである。

その後、慌てて、酒だってアユだって、かなり持っていったはずだ。しかし、そのことを氏は決して書いてくださらぬ。

氏は近ごろはイタズラ電話はなさらないようだが、私は一度完全にだまされたことがある。

ひどいナマリのある日本語で、ナントカいう外人から電話がかかってきて、

「あなたとニューヨークでお会いした〇〇でちゅ。今度、わたし、ニホンにきました」

と、実に外国人の日本語らしい発音で、会いたいという。私は困惑した。いくら考えても、そのナントカ氏のことが思い出せなかったからだ。私は人の名前と顔を忘れてしまう名人なので、ひどい罪悪感に襲われることが屡々《しばしば》だ。そのときも日本にきたという外人が何者なのかさっぱり思い出せず、必死にオロオロと記憶を捜した。

やっと、サッと記憶が閃《ひらめ》き、

「ああ、あなたは日本人の奥さまをお持ちの、あの神学をやられる方ですね」

と尋ねた。そういうお宅に一夜、招かれたことがあったからである。

すると、「そうでちゅ、そうでちゅ」と相手が言うので、私はホッとしながらもなお気がとがめ、

「実はちょっと酔っていたもので、あなたのことをすぐ思い出せずに失礼しました。あの節はほんとに……」

と言いかけると、電話口からの声がガラリと変わり、

「ワハハハハア、おれだよ」

と、悪魔のごとき遠藤氏の声がひびきわたったのである。そのあとは口惜しくて、一晩眠れなかった。

そのような経過がたびたびあり、私は氏を一度なりともやっつけようと、復讐の機会を虎視タンタン狙っていた。すると、Sウイスキー会社の広告に、二人の人間がお互いに相手の酒癖などを批評するページという依頼がきた。私の相手は遠藤氏である。私は今度こそと思い、勢いこんで引受けた。

その文章の中で、私は滅茶々々に氏をけなした。つまり、酒のことなんか何一つ知らず、

飲めば飲んだで下品に騒ぎまわるだけだという意を、せい一杯オーバーに書きたてたのだ。

ところが、広告が出て、仰天した。氏もどうせこちらの悪口を書いてくると思いこんで、それ以上の雑言をがなりたてたのに、氏はその逆手に出たのである。北君の酒は実に上品で立派で乱れたところを見たことがない、などと。その皮肉の効果が実に見事なのだ。いわば私はガキのように棒切れをふるって相手にシャニムニ打ちかかるのを、名人上手に軽くいなされたような、実にみっともない印象だけを読者に与えたにすぎなかった。

もう私は氏に打ちかかるのはやめる。氏は神と悪魔をゴッチャにしたような史上最大のえらぁい人物なのだから。

神さまの舌――遠藤周作氏

遠藤氏は神のごとき人物である。いや、神さまそのものである。なんとなれば、人をたぶらかす。

私もホラはふくが、私のはすぐホラとわかるかわいいホラで、遠藤氏のホラは、本当に人をだまくらかす深遠なる術策に満ちている。私も幾十度となく見事にだまされ、どれほど迷惑したかわからない。

遠藤氏は、自らハイ・ソサエティに属するとおっしゃられ、北めはロウ・ソサエティ（もちろん世界中にこんな言葉はない）だから教えてやるが、例えば、俺の飲む酒はワインなら千八百五十年産のかくかく、ウイスキーならかくかく……とお告げをたれたまう。それはたしかに遠藤氏は知性にあふれた博識の貴族であられるが、こと酒に関するかぎり、こんなになんにも知らず、味もわからない人は全世界に稀である。葡萄酒の年代が一年ちがって、どういうことになるのかも、まるきり御存知ない。ただひたすら古ければよいと思いこんでいるらしい。そこで、ぶっこわれかけたびんにカビをぬり、レッテルも汚して文字もよめなくし、これに、水と赤インクをまぜ砂糖と塩と酢で味をつけ、トマトケチャップなども入れ、これは十八世紀のボルドーです、とうやうやしく差しだすと、遠藤氏は満悦してガブリガブリと飲みほし、いいやなるほど、おれはフランスでは主に十七世紀と十九世紀のボルドーを飲んでおったが、これはたしかにその中間の味だ、などと恍惚となさっている。常人ならすぐわかるSウイスキーの味すら、とてもわかるもんじゃない。

私は無学な乞食だが、こと酒に関しては、カストリからウイスキーからコニャックから、一応は味わえる。いくらハイ・ソサエティの神さまだろうが、かくの如き遠藤氏と、お互いに酒を語るなんてこと自体大屈辱である。

夢のようなへんな話――獅子文六氏

獅子文学についてはここでは記さない。たとえば、新聞の連載小説のほとんどの回を、ついつい読んでしまうなどということは、私には獅子氏の作品以外ではほとんどあり得なかったし、また「日の丸問答」などのさりげない短篇がいかに見事であるか、というようなことは多くの人が書いておられるだろう。

ここでは、夢のような変ちくりんな記憶について書いておきたい。それは、私が生れてはじめて、なんといってよいか、まあ色けづいたというようなことである。

私は獅子氏に一度だけ対談の席でお目にかかった。その折、ずっと昔、ヨーロッパで私の父や母にお会いになった、という話も出た。

あとでたまたま私の家にきた母にそのことを言うと、彼女は獅子文学の愛読者であって、ちょうど出はじめていた氏の全集を貸せと言った。

「これも読んだ。これも読んだわ。でも、もう一回読んでみましょう」

と言って、本を持っていってしまったが、そのまたあとで、ひょいと唐突に、私は忘れていた古い記憶をよみがえらしたのである。

――当時、母は父と別居して、私の叔父、彼女にとっては実弟の家に暮していた。私たち子供は、父に隠れて、日曜日に叔父の家へ行って、ひそかに母に会っていた。この状態は長いこと続いたので、やがては半ば公然と、土曜日から泊りがけでゆくようになった。私が中学二年も末のころ、昼間だか夜だかわからないが、母のベッドに一人で横になっていたことがある。この辺りの記憶は実に漠然としている。とにかく私一人きりであった。すると母が、一冊の本を手渡して、

「退屈ならこれでも読んでいなさい」

と言った。

そこでその本をひらくと、西洋の話で、ついひきこまれていくほど面白いのだが、同時に、たいそうエロっぽい小説なのであった。

ここで注釈をしておくと、私は実に天然記念物になるほど晩生《おくて》で、性についてのことをその半年まえばかりに初めて知ったのである。むろん子供じみた知識は持っていたのだが、その半年まえまで、男と女がまさか本当に、とは信じられなかったのである。

また小説本もほとんど読まなかった。江戸川乱歩氏の探偵小説だけは夢中になって図書館にまで行って読んだが、そのエログロの部分を読んでも、その怪奇さには魅せられたものの、エロそのものにはさして感銘を受けなかった。つまり、本に「乱歩のスケベー」と落書した他の読者のように昂奮しなかったのである。

ところが、母が貸してくれたそのおもしろくかつエロである本を読んでいると、私は次第に妙な気持になってきた。つまり、昂奮してしまったらしい。

「ママは凄い本を読むなあ」

とも思った。

するうちに母は戻ってきて、しばらく会話を交したのち、さりげなく、男というものはある年齢になるとパンツが汚れたりすることがある、というような、娘に月のものを教えるような具合に、私に男の生理を教えだした。私はもう性についてもそうした現象についても知っていたから、大丈夫知っている、という意を答え、母の教育を打ちきらした。なにより恥ずかしくて困った。

さて、そのジュンジョウな少年の私に変な気持を起させたのが、獅子氏の本なのである。西洋の話で、初期の翻訳であるのか、『西洋色豪伝』であるのか、申訳ないことにさっぱりわからないが、そのとき私は獅子文六という名を覚えた。

それにしても私の母というのも妙な女ではないか。少年の息子にそんな本を読ませ、然るのち性教育らしき話なんか始めるのは、昔流でいえば、やはりモダンとかいうのであろうか。

ともあれ、上品で健全な家庭文学の代表であるはずの獅子文学によって、私は生れてはじめて妙なわくわくする気持になったのであって、そのことを忘れぬようにしたい。

非地球的人間──埴谷雄高氏

若い頃の、或る書物との出会いというものも奇妙な偶然である。埴谷雄高氏の『死霊』との最初の出会いは、なかんずく夢魔にも似ており、何時の時代だったか実に曖昧模糊としている。

それは単行本でなく、一冊の「近代文学」であって、単行本にはいっていない第四章の一部であった。ともかく主人公が霧の帳《とば》りの中を歩いていって、思考を重ねてゆくのだが、いつまで経っても霧はいよいよ濃く、その思考は「迂《う》路《ろ》なり　曲線なり　偽るものの秘法なり」というヴァレリイの詩を思わせるものがあって、幼稚な私の頭脳ではとてもついてゆけぬのだったが、妖しい奈落の底へ否応なしにひきこまれていくのを私は生理的に感じとった。それにしても、主人公はあくまでも霧の中を歩いていって、驚嘆しつつ読んでゆくと、末尾になっても、なおかつ霧の中をさ迷っているのである。

当時、私は西欧の文学を多く読み、それに憧れていた。有体にいうと、日本文学を下に見ていたわけである。

だが、この執拗な精緻な描写と、一つの思考をどこまでも追求するあくなき野太い精神に接して、私はたまげてしまい、「日本にも、こんな作家がいるのか」と、吐息をついたものであった。

『死霊』の単行本を読んだのは、ずっとのちで、あらためて畏怖を覚えたし、当時の私は相当に臆病であったから、そのときは逆に、『死霊』の作者になんとかして会いたいという念は起さなかった。文学者自体が妖しげな存在だと私は思っていたし、まして『死霊』などという形容を絶する作品を書く人物は、怪異なこわい存在だとしか思えなかったからである。

ところが、三年くらい経って、当時「文藝首都」にいた故日沼倫太郎、田畑麦彦の両氏と私は、あえてこの人物を尋ねていった。それは私の短篇が奥野健男氏の紹介で「近代文学」に載せて頂いたことと、埴谷雄高氏は新人に対してごく親切な人で、決してこわい人物ではないと聞いたからである。

それでも三人とも緊張していて、あちこちお宅を捜して歩いているうち、ブリキの地図があり、そこには「般若」という名が記されていた。

「この般若というのが本名なんだよ。ますますこわそうだなあ」

　と、三人で噂しあったのを覚えている。

　が、実際の埴谷氏は本当に優しい感じであった。そのときは生原稿を置いて玄関先で辞したが、そのいかにも優しいお人柄に、オッチョコチョイの私はつい調子に乗って、

「あの三人の中でいちばんハンサムな私が小生、つまり北であります」

などというハガキを出してしまったほどである。

私が置いてきた原稿は、「谿間にて」という、台湾の山地に蝶を追う採集人を空想で描いたものであった。埴谷氏はこれを読んでくださり、

「ぼくは昔、台湾にいたのだが、あそこの雷はね……」

と、克明にその雷の特徴を教えてくださった。また一般の批評というより、なにげない言葉で私を励ましてくださった。たとえば、

「君の小説には奇妙なところがある。そういうものをのばしていったら……」というような、微妙な暗示である。

　私もこれまで、作品をけなされたり、たまに讃められたりしてきたが、心底から自分で納得のゆく言辞に出会ったことは数少ない。当時の埴谷氏のさりげない暗示は、私にとって実に貴重な、かけがえのないものであった。

といって、日本に類例のない作家埴谷氏は、ただ書斎にこもって、深遠な思想にふけってばかりいる人物ではない。

いつぞやお宅を訪ねると、お留守で、奥さまが、

「このごろパチンコばかりやってますから、多分駅前のパチンコ屋へ行けばいるでしょう」とおっしゃった。

そのパチンコ屋で、私は氏の後ろ姿を発見した。私としても氏とパチンコという概念がどうもしっくりせず、おそらく下手糞ですってばかりいるのだろうと思いつつやってきたのである。ところが、氏の手元を覗きこんで、私は仰天した。受皿が玉で一杯だったばかりか、足元には玉がぎっしりつまった箱が二つも置かれていたからである。これもまた『死霊』の作者に似あわしからぬ不可思議なことと思ったが、要するに、氏の人間の全体像というものが、私ら小人とは異なり、宇宙的構成になっているからであろう。

ヨガ式・阪神を優勝させる法

この世にはプロ野球ファンなる者がやたらにいるが、意外な人が熱烈なファンであることも少なくない。

たとえば埴谷雄高氏である。かなり昔、氏のお宅に遊びにゆくと、彼は私と雑談しながら、プロ野球放送のラジオをつけ放しにしている。それどころか氏は、ある回が終了してコマーシャルが流れだすと、たちまちに、慌しくダイヤルを廻して今度はパ・リーグの放送を聞きだすのだ。コマーシャルが終った頃あい、また元のセ・リーグの放送に戻す。回が終ると、すぐさまパ・リーグ。つまり、一刻も、いや一瞬も、野球放送を聞かずにいられないのである。

これには私もたまげたが、埴谷氏はべつにどのチームのファンというわけではない。氏の名作『死霊』もむずかしい小説だし、そのエッセイは一般に難解をもって知られている。

それゆえ氏が南海ホークスのファンだという説があるが、これはむろん誤伝である。氏はなんでもかんでも野球を見聞きするのが好きなのだ。アメリカの大リーグの順位まで克明に調べている。

それにしても、高級文学ファンが教祖と尊敬する人物が、小学生さながら、ああも慌しくダイヤルを切りかえるさまを現実にこの目で見ることは、奇怪にして夢魔のごとき現象であった。

ついこの間、埴谷氏は拙宅にこられた。ちょうどプロ野球の放送を聞いていたときなので、私はラジオを持って応接間へ行き、

「ときどき聞かせて貰います」

と言うと、埴谷氏は小さなトランジスタ・ラジオとイヤホーンを示し、

「いや、ぼくも道々ずっと聞いてきたんですよ」

と言った。

埴谷氏は野球全体の愛好者だから愉しみに見聞きするのだろうが、私の場合、阪神タイガースのファンなのだから、むしろ苦悩の場合が多い。七連覇もしながら、ジャイアンツが負けると飯がまずいなどという巨人ファンは、なんというゼイタクな連中だと思う。そんなことをいうなら、こちらはとうに栄養失調かミイラになっている。

阪神ファンになった理由は定かではない。おそらく終戦後のかつてのダイナマイト打線が、旧制高校最後のバーバリズムに通じたからであろう。藤村を筆頭とするあの猛打線はたしかに豪快であった。五、六点は簡単に叩きだした。その代り、投手力が弱く、七、八点をスイコラ取られた。二リーグ分裂で、阪神の主力選手がゴッソリ毎日に移籍したとき、私は国家的陰謀だと思った。

藤村が監督のころ、阪神に超高校クラスといわれる某左腕投手が入団したことがある。二十勝は堅いといわれた。ところが、オープン戦にろくろく練習もせずに登板させられ滅多打ちされたせいか、まったく役に立たなかった。私は当時、地方の精神病院に勤務していたが、どうにも黙していることができず、その投手あてに手紙を出した。つまり、彼が心理的に駄目になったと思われたので、その一種のノイローゼ病状を治すための長い手紙を出した。マス目をかまわず五枚ほどの原稿用紙にびっしり書いた長文の手紙で、「一神経科医より」とした。これもどうもキチガイじみている。私は神経科医として無能であったらしく、その投手はついに再起しなかった。

三年まえの夏、遠藤周作氏の山荘に行くと、彼が狸の大王のような調子で、

「北君、君も秘書くらいおけよ。ほら、ここに遊びにきているお嬢さん方が選りどり見どりだ。ただし、給料はケチケチするなよ」

と大声で言った。

私は遠藤氏のように忙しくないし、秘書など不要なのだが、そのとき躁病がかっていたので、ついその一人に週三日、家にきて貰うことにした。彼女は私のことを「ボス」と呼んだ。生れて初めてそう呼ばれてみると、なにせ躁病の時期ゆえ、私は自分が「ゴッドファーザー」の親分くらいに偉くなったような気がした。

ところがその秋、巨人対阪急の日本シリーズの際、私は四畳半のテレビのある部屋に座布団を二枚丸めて枕にして横むきに寝て観戦していた。そのとき彼女がやってきて、巨人がリードしているのを見るや、パチパチと手を叩いた。うかつにも彼女が巨人ファンであることをそのときまで知らなかった。そこで私は反射的に、「ウヌレ！」とか叫んだようだ。次に、

「おれには念力というものがある。おれが祈れば、巨人なんかたちまち逆転してやるぞ」

とわめき、凄まじい念力——後述するが——こめて、テレビの画面を凝視しはじめた。

すると、本当に阪急が逆転をばしたのである。私は、ガバと跳ね起き、

「おーい、見ろお！　この通り逆転だあ」

と叫び、再びドサリと頭を枕の上に落した。

ところが、そこは枕ではなく、すぐわきにあった鏡台の角であった。ガツンという異常なショックを受けた。しばらくクラクラとして、猛烈に痛かった。冗談でなく、次第に立派なコブが生じてきた。

それでも憎い巨人が負けたので私は機嫌をよくしたが、夜になってコブはしきりと痛んだ。躁病のときは意想奔逸《ほんいつ》といって、とんでもないことがパッと閃くのだが、私は医師として「これは脳内出血のおそれもある」と診断した。わざわざ友人の医者にも電話をした。

それから妻を呼びつけ、

「万一にも脳内出血ということがある。今夜一晩が山だろう。もし、おれの口の利き方がもつれてきたり、意識が不明瞭になる様子があったら、すぐ救急車を呼んでこの病院に入院させてくれ。電話番号はこれだ。いいか、一刻も猶予するな。生命にかかわることだからな」

妻はビクビクしてその夜ろくに眠れなかったらしい。幸いにして脳内出血は起らず、ただ数日間、コブが痛んだ。

阪神ファンとしてアンチ・巨人を通すと、かような生命の危機にもさらされるのである。

幼稚に、かつもの狂おしく阪神の勝利を念じつつ、ラジオを聞き、テレビを見ているうちに、さまざまなゲンかつぎ、ジンクス、神がかり的な思念が私のうちに生じてきた。はじめはごく単純なものであった。阪神の攻撃中にたまたま煙草を喫っていてヒットが出ると、あとやたらと煙草を喫いづめにするくらいのことである。しかし、近代野球が進化するように、それが次第に複雑化してきた。まず茶を一口すする。次に煙草を一服し、相手投手が投球動作に移るまえに灰皿に置き、味方打者の素質に応じて自分の体形をそれぞれのポーズに直す。顔面の筋肉も、たとえば安藤のような小わざの利く打者のときはひきしめるし、和田のように大ぶりする打者の場合はわざとニターリと笑ったりする。

これらの動作を矢継早になすことは、あたかもブロックサインのごときもので、その精神的肉体的疲労度はかなりのものである。しかし、阪神を勝たせるためには仕方がない。

不可思議な体形の変化をなすことは、相当に効果があるようであった。ヨガの種々のポーズのごとく精神統一、つまり念力に通ずるのかもしれぬ。私は足をぴんと張り、上体を柔らげ、しかも首を六十度の角度の状態で、四たび田淵にホームランを打たせた。また足を折り、上体を更にエビのように折り曲げて苦痛の念に堪えつつ、巨人のチャンスをゲッツーに打ち取ったこと幾たびか。

しかし、これらの行為を人に見られることは、さすがの私も羞恥を覚える。そのため昨年、寝室用のテレビをもう一台買った。

夕食中はラジオを聞いている。食事が済むと、

「ああ、タイガースは駄目だ。どうせ負ける」

と呟いて、電光のごとく寝室に消えてしまうが、このセリフは巨人ファンのお手伝いさんに聞かせ、敵を油断させるためである。

油断大敵とは本当のことで、これまでも巨人戦の第一戦に勝ち、あとに投手も温存していることだし、今度こそ三連勝などと勢い立ち、昼間からそわそわして試合開始を待ちかねているときほど、案に相違してむざんに負けるのだ。

寝室には試合中は誰も入れない。女房が、「疲れているからちょっと横になりたい」と言っても絶対に入れてやらない。子供が何かの用でやってきても邪険に追いはらう。一人きりで、無念無想、いや雑念邪想に満ちて、ブロックサインそこのけの種々の動作をなさねば、わが念力も効がないからである。そして、横たわったまま、片手をのばして茶をすすり、もう一方の手で煙草を一口喫っては灰皿に置き、突如として身を硬直させ、或いはぐったりとなり、或いは蛇のごとく身をくねらせ、カッとマナコを見開くかと思うとニターリと笑うという、そのようなキチガイを上まわる有様は犬にもネズミにも見せたくない。

それに他人の存在が宜《よろ》しくないというジンクスは明瞭であった。ある年の対巨人戦で、

阪神がリードしているとき、某心理学者がだしぬけにやってきた。片目でテレビを見つつ応対していたら、たちまち逆転された。その後もその人物は、わざとのように対巨人戦のときにフラリと現れる。そのたびに阪神は敗れるのである。私にとって先輩で大学教授でもあるその人物の顔が試合中に出現すると、それこそ悪魔の化身のごとく見えた。ついに腹にすえかねて、私はその先輩にズケズケと言った。

「あんたは外国生活も長いのに、なぜ人の家にくるとき電話をしてアポイントメントをとらないのだ？　それもよりによって巨人・阪神戦のときに？　あまりといえば、だらしないじゃないか！」

「そうか、そうか」

と、その分野にかけては有能な先輩は、こちらの憤激をちっとも理解しない調子で言った。

　何事だ！　そんなことで、いやしくも心理学者で大学教授とどうして言えようか。

　さて、今年のことである。阪神は出足がわるく、ビリのほうに低迷していた。それならそれでかまわぬ、と私は無理に思った。阪神が完全に優勝戦線から脱落すれば、ラジオやテレビで時間をつぶすこともなく仕事ができる、と。事実、かつて阪神が大洋とせりあって逆転優勝をした年など、私はそれこそ仕事どころではなかったのだ。

ところが、村山監督に代って金田が指揮をとりはじめてから、阪神は連勝など始め、ついにオールスター戦まえに巨人に一ゲーム差で首位に立つに到った。これは私を喜ばせたが、同時に不安の念はもっと強まった。たまたま望月、中村勝などの新人が打ち、平山、山本和のような新人投手が好投して勝ったが、彼らにはキャリアがない。金田代行の言うように綱わたりのようなもので、安定した実力ではない。そんな私の危惧と裏腹に、私のところにくる読者からの手紙は「今年こそタイガースは優勝！」などという文句が多くなっていた。複雑な気持を抱いて、私は避暑地の山小屋にきた。

すると、はたして、それまでカモにしていた大洋に阪神は三連敗し、巨人は苦戦しつつ広島に三勝一敗の戦績を残し、二・五ゲーム差と引き離された。これは私がいかにヨガにも似た苦悶のポーズをしたとてどうにもならない事実であった。次は巨人三連戦である。

私がこのうえない憂鬱さで目ざめた日、この雑誌の編集部から速達がきた。

「(前略) 今シーズンは、数年ぶりに阪神優勝の可能性が出てまいりました。一戦一戦の勝敗のたびごとに、北さんといたしましては、さぞかしやきもきハラハラなさっていらっしゃるのではないかと推察している次第です。そうした御心境を……」

という原稿依頼の手紙である。

しかし、私はイヤアな心境にあった。この手紙は悪意に満ちた陰謀であるとも思った。つまり阪神優勝をちらつかせ私をのぼせあがらせ、「今年こそ阪神優勝」の文章を書かせ、あとは涯もない絶望の深淵に私を投げこみ、三文作家としても一般社会人としても再起不能におとしいれようとの魂胆ではないかとまで邪推した。

私は編集部に電話し、「今の調子では阪神三連敗の可能性もあります。そうなったらとても原稿は書けない、そのときは他の方で誌面をうめるように願います」

と言っておいた。

その日、八月四日、甲子園での巨人・阪神第一戦の夜、私は遠藤周作氏の山荘に招《よ》ばれていた。出かける前も途中もラジオに耳を傾けていると、阪神は新人山本和の先発で、しかも好投し、０対０が続いている。

遠藤氏の山荘に私はラジオ片手にはいっていった。すると遠藤氏独特の調子で、

「ラジオなんかやめとけえ。ここではちゃんとテレビが映る。この辺りはハイソサエティの地域なんじゃからなあ。君のいる辺りのロウとは違うわ」

と言われた。

たしかに私の山小屋のある辺りは、テレビはＮＨＫと地元の放映しかはいらなかった。しかし、遠藤氏がでんと存在するハイの土地では、東京なみにテレビの各チャンネルが映

るのである。

同席の客には矢代《やしろ》静一《せいいち》夫妻もいた。私は遠藤宅の高級ウイスキーを飲みつつ、ときたまラジオのスイッチをひねっていた。九回裏、巨人が一点リードしていて、阪神のチャンスがきた。そこで私はみんなの会話から離れ、ハイソサエティのテレビをつけて貰い、その前の床に坐りじっと瞑目した。ここでさまざまなヨガのポーズをとることはばかられたし、私はむしろ、もう負けたという意識のうちにボーッとしていた。すると巨人側に失策が出、阪神は逆転勝利を収めた。矢代氏が「おめでとう」と杯をあげてくれた。遠藤氏もそれを真似たが、「アホな奴やなあ」という心情がその顔にありありと現れていた。

その翌日、私は地方紙で前日の試合の結果を何回も読み返し、阪神が巨人の半数の安打で勝利を握ったことを反芻し、これはツキが廻ってきたかと感じた。大洋戦三連敗はツキが逃げていた感じである。そこで私はこの雑誌が私に悪意をもっているのではないとゲンキンに速断し、まだ正式には引受けてはいない原稿をさっそく書き始めた。これは阪神優勝の予言の文にもなるのではあるまいか、と。

――ところが神よ悪魔よ、その夜、つい先ほど、阪神はさして好調でない堀内にしてやられちまった。たびたびチャンスを迎えたのだが、ここ一発がついに出なかった。ＮＨＫのテレビの放映があり、わが山小屋のテレビにも映るので、女房もそばで見ていることでもあり、わがヨガのポーズもあからさまにできなかったことも原因であろう。

これで、巨人との差は二・五ゲームと開いた。——とにかくウイスキーを多量に飲んで私はこの部分を書いた。

翌日、三連戦最後の日曜日の朝、大声で呼ぶ声に目を覚まされた。妻の不在中にプロパン屋さんがきたのだ。平生、起きるのは昼すぎの習慣である。そのあと寝ようとしたが結局眠れない。モウロウとした目で新聞を開くと、「じれったい阪神、塁上にぎわすだけ」などという不愉快な見出しである。私はプロパン屋とよく連絡しなかったことにつき、しばらく女房と口論した。しかし、大切な日であるから、堪えがたきを堪え、狭い場所のほうが乱れた心が落着くから、トイレに一時間はいっていた。

午後は、更にリラックスしようと、子供と「落下傘」という花火をあげた。これはずいぶん派手な音を立てて相当な高空にあがり、三つの小さな落下傘が落ちてくる。田淵のホームランをつい連想した。しかし二番目の花火は、上空で音こそしたが、どうしたわけか落下傘がぜんぜん姿を見せぬ。不吉な感じがしたが、

「落ちてくるより、場外ホームランということなのだ」

と私は思索した。

午後遅くなると寝不足でまたモウロウとしてきたので、念力のエネルギーをつけるため、夕食はビフテキを食べることにした。肝臓が要注意で医者から脂身をつつしめと言われているのだが、脂身をたっぷり食べた。

しかし、栄養が吸収される前に、早くも阪神の先発江夏は二点をとられた。そのまえ、阪神が二度もチャンスをつぶすと、妻が、

「タイガースってほんとうに点が取れないのねえ」

と言った。こういう無神経な女は撲殺すべきだと思ったが、一刻も早く一人になるため二階へ行った。その階段を登るあいだに、阪神は安藤の安打で一点を返した。ラジオの音がいかにも小さく聞きとれないので、私は新しい乾電池を入れ替えようと思いたった。しかし、いかにして電池を替えるか自信がなかったので、無念ながら女房を呼ぶと、彼女は、

「あなたって、まったく無能力者ね」

と言いながら、ごく簡単に電池を替えた。馬鹿々しい、こんな簡単な作業なら私にだってできる。しかし、電池を入れ替えたとたん、ワーンという歓声がとどろいた。望月が二走者を返す逆転二塁打を打ったのである。

してみると、私の念力がなくても阪神打者は打つのである。いや、妖しげな念力に縛られぬほうがより打つようであった。そこで私はその試合では、阪神の攻撃中に念力を用い

ぬことにした。はたして、阪神はその後二点を加え、五点を叩きだした。
とはいえ、六回から登板した山本は新人で一昨夜も投げている。累卵の危うきにあると私は思った。そこで阪神の攻撃のときには用いぬ念力を、巨人の攻撃中には二倍、放射することにした。

この夜は単に足を折るだけでなく、二重に組み合せてねじまげるというポーズを採用することにした。山本は涙ぐましいほど相手打線を抑えている。それを応援するためには、たとえ足の骨が複雑骨折する危険も冒そうと思った。

九回の表、最大のピンチがきた。安打の王が長島の遊ゴロ失策で一気に生還、長島は二塁、一死後黒江がセンター前にとばしたとき、私は「やられた！」と思った。巨人は対広島戦に二度も九回にしぶとく追いつき延長で勝っている。ほとんど絶望で一杯になりつつ、私は複雑にねじまげた足に満身の力をこめて念力を送った。その瞬間、好返球が戻って長島がホームでアウトになった。これこそヨガの秘法であると私が確信したのは単なる迷妄であろうか。そして次の打者で試合終了。

私は痴呆のごとく疲れはてて、組み合せていた足をほぐそうとした。ところが、あまりに奇妙にくねらせ硬直させたため、骨も筋肉もカチカチにこわばっていて、ようやくそれをほぐし終るまで、形容もできぬ疼痛を忍ばねばならなかった。しかし明日からビッコをひこうとも私は満足である。ただ、このあと阪神は「死のロード」に出る。本誌が発売されるころ、もし阪神がダウンしていたとしたら、一体私はどのような顔をしたらよいのか。悩みと危惧は涯もないのである。

(後記。はたして阪神は優勝から脱落した。やはり、このような原稿は書くものではない。)

麻布中学のことなど——吉行淳之介氏

吉行淳之介氏は、私にとって麻布中学の先輩でもある。氏は重い腸チフスを患ったため、私が入学した当時、本来ならば上級学校へ行っているはずが、五年生として在学していた。といって、もちろん氏の存在は知らなかった。

麻布中学は、江原素六先生が創始され、もともと自由精神をうたった学校である。私が入学したのは、太平洋戦争が始まるまえの年で、すでに教練、体育が学科以上に重視され、その自由な雰囲気もかなりこわばっていたが、それでも他に比べたら、かなりのびやかな校風といってよかったであろう。

吉行氏が入学したころは、もっとくだけた本来の校風があったはずである。それは、都会風に一種しゃれた、教師に気の利いた渾名をつけたり、いい意味でサボったり、近所にある東洋英和女学校を、おれたちの縄ばりだと称したりする雰囲気である。そしてそれは、都会的な繊細な神経をもち、都会的にモダンな吉行氏の人間像にぴったりしていたと思われる。

私が受験した年は、麻布中は一次試験校になっていたが、以前は二次試験校であった。それで、一中などの入試に失敗した優等組が受験し、やはり一種の秀才校であった。それもガチ勉などせず、それでも上級学校の合格率はよいという嫌味のない秀才校であった。（それが近ごろ、徒らに合格率を誇る予備校めいてもきて、困ったものである。）

そういう中学で、吉行氏がどんな成績をとっていたかというと、私もアッと驚いたことに、三年生のとき彼はA組の級長であった。それは二年生の最後の学期の成績が、学年一位であったということを意味する。

しかし、学年の進むにつれ、軍国調は急速度となり、彼は配属将校の一人に睨まれ、さような成績ではいられなかったはずだ。といって、現在のアレルギー体質に悩み、ひょろりと痩せた吉行氏からは、なにか虚弱質の秀才少年を連想しがちだが、当時あった体力検定で、彼は三千メートル競走をのぞき、手榴弾投げにしろ俵かつぎにしろ、すべて上級をとったそうで、これにも私は少なからず仰天している。

中学の先輩というのはふしぎなもので、大学などなら二、三年齢が違っても、大人になってからなら、同期の友人としてつきあえるのだが、中学では一年上でも、やはり先輩意識がつきまとう。

　吉行氏と初めて会ったのはいつだったか覚えていないが、私が芥川賞を貰ってその受賞式で心細さに堪えかねていた折、ふいに氏が前に現れ、

「主賓はもっと真中に出なさい」

とか、ニヤニヤして言った。私はそのときずいぶんとホッとして、

「先輩、お願いですからしばらくぼくのそばにいて下さい」

と、つい助けを求めるように頼んだものだ。中学の先輩であるうえ、文学ではもっとずっと先輩だったから、どうも甘え心が出てしまったようだ。

　そういう関係はずっと続いて、以前「キアラの会」にはいったのも、吉行氏がいたからだし、彼は彼で、

「おれは一番齢下で下っ端だったのだ。それが後輩がきてくれて、おれは愉快だ」

とか言っていた。

　この「後輩」という言い方は、ぜんぜん嫌味がないどころか、氏はわざとユーモラスに誇張して言いたてるので、そのたびに、なにかにつけ私はホッとして助かる思いを常にした。氏はあくまで都会風にしゃれて洗練されたものの言い方をする。

　最近、氏の『砂の上の植物群』などを中学生、高校生などが愛読書にしているという新

聞の記事を読み、私はニヤリとし、かつ愉快になった。実はかなり以前、昔の中学の先生が私に「江原素六伝」を書いてくれと頼みにこられ、私は困惑して「吉行さん」の名をあげたら、先生は大きく手をふってこばまれた。娼婦を描く作家は困ると思ったのであろう。そのことを思いだすたびに、私は失笑したくなる。

　もちろん、女を書かせたら、吉行氏の右に出るものはあまりあるまい。同時に、その伏線としての、また象徴としての、微妙な背景をなす自然描写の見事さ。

いやたとえば軽妙な外国紀行ものの『湿った空乾いた空』、それがいったんMという女性が出てくると、ずしりと重たく生々しくなるのである。おそらく氏は、早くから女のみにくさ、いやらしさ、そのかなわない性《さが》をつくづくとさとっている人であろう。しかし、なおかつ女に人一倍魅かれ愛さざるを得ない人であろう。

　氏はよく、

「おれはヒヒ爺いになるぞ」と言う。

　そのヒヒ爺いは、おそらく少しもいやらしくなく、洒脱なお爺さんであろう。だが、氏がそうした年齢になったとき、私は川端先生がこわいと似た意で、吉行氏もやはりどこかこわいお爺さんになるだろうという予感がする。人間的、文学的、双方に。いつまでも中学の先輩として甘えていてはなるまい。

端正さと……——辻　邦生氏

作家の仕事ぶり、原稿の書き方などは千差万別であろうが、昨年の夏、私は辻邦生が実際に執筆している生態を見ることができた。

それは辻夫妻が借りた小さな山荘であったが、その正面にむいた硝子戸の前に、彼のテーブルは置かれてあった。作家には、ごく大ざっぱにいって、暗い場所に閉じこもるタイプと、明るい開放された場所を好むタイプとがあると思う。辻は、あきらかに後者である。しかも、その典型である。

なぜなら、彼はそのようにテーブルを置くばかりでなく、晴れた日には、更に家の前のテラスに椅子テーブルを持ちだして、そこで仕事をしているのだ。遠くからではあるが、前の道を過ぎる通行人から、その姿はあきらかに見える。なにかものを書いているところを他人に見られるのは、私にはとても堪えられない。それを辻は、平然と、悠然と、堂々とやっているのである。明るい太陽の下で、視野のなるたけ広々とした場所で、彼はそれ自体が端正極まる仕事をつづける。

　机の上も、これまた整然としていて、雑然と資料を山積みしたりはしない。下調べなどは、その前の段階で綿密にすましている。終りまですでにきちんと構想が立っていて、それについての簡単なメモが用意してあるくらいだ。綺麗に削って先端のとんがった鉛筆が一ダースほど。少し先が丸まってくると、次々と新しい鉛筆に取代えて、彼は固い、やや角ばった文字をかなりの速度で書く。これまた綺麗で端正な文字で、書きこみや書き直しはごく少い。それも、単なる雑文なのではなく、純文学の原稿なのだ。

　夜型ではなく、朝型である。その内奥は別として、外面的には、極めて健康的で、端正な態度であり、彼の尊敬するトーマス・マンのある面を思わせるところがある。

といって、整然としすぎてとっつきにくい性格ではない。予想以上に人なつこく、人がくると嫌な顔をするどころか、ニコニコして快活に、しかも雄弁にしゃべる。

　もちろん、辻邦生の内面には、こうした外面とは逆のもの、どろりとしたもやもやがあるのは当然のことだ。それを抽象的に論じてもおもしろくないので、ここには一つのエピソードを記しておこう。

　極めて健全そうで健啖家で、いつまでも老けず体力もある辻邦生が、意外に臆病なのである。それも小さな子供さながらに、いささか常軌を外れて。

夏の途中、辻夫人の親類のほうに御不幸があって、夫人は即日、東京に帰ることになった。すると、一人山荘に残ることになった辻は大いにうろたえた。周囲にはそれほど人間が稀薄でない家に、ただ一人残るというのは怕《こわ》いというのである。

のちに、辻夫人の言によると、そのとき辻は夫人の不幸よりも、おれ一人を残して行くことに憤慨したというのである。もとよりフモールもあろうが、事実、辻邦生という稀な作家が、ただの一晩を一人で過すのが怕くてたまらず、その夜は徹夜をして辺りが明るむまで仕事をした。彼の場合は、強盗とかその他の人間が怕いというのではなく、夜に含まれた超自然の恐怖が、子供さながらに襲ってくるのだという。

辻の小説の中に、妙に怪談じみた要素がかなり多いことに、愛読者は気づかれていることだろう。彼の端正な、このうえなく精密な作品の背後には、あんがいこのような原初的な、幼児的な神経がはりつめているのだ。そこに、極めて理知的で論理的な彼の作品が、また独自の抒情に満ち、香り高い清冽さに溢れていることの秘密があるように私には思える。

枚数がないので、辻文学について触れられなかったが、辻邦生の明晰な西欧的な世界については、いずれ多くの正当な評価がなされるであろう。

貪欲なる偉才——手塚治虫氏

この「手塚集」(『現代漫画』手塚治虫集、筑摩書房刊)は、現在ではなかなか読者の目に触れ得ない懐しい初期の作品と、最新の青年むけ秀作を軸として選んである。古本屋で万一入手できるにしてもたいへん高値の稀覯《きこう》本と、現代の空気に直結する手塚さんの大人むけマンガであるから、町にあふれている周知の手塚マンガ本とはおのずから異なっているはずだ。

戦後の荒廃の中に、まだ青年である作者は、苦労しつつもかなり派手に登場した。昭和二十一年発行の『新宝島』は四十万部が売れた。当時は本といえばなんでもむさぼるように売れた時期が、ある程度整理されて、ようやく良書を人々が求めだしたころのはずだ。

本巻には、初期の代表作として、「メトロポリス」と「ファウスト」が収められてあり、いずれも昭和二十五年発行の単行本である。いずれも現在入手困難なもので、虫プロにも原画はないと聞いた。「メトロポリス」は長篇科学冒険漫画物語と記してある通り、すでに後年の手塚マンガのSF性、科学性、波瀾万丈の物語性、奇抜なギャグや人間造形が横溢している。「あとがき」によれば、あしかけ十ヵ月もかかって、青年手塚がコツコツと、いわゆるマンガの俗悪性を脱した課外読物ともなるよう作者と出版者の意見の合致のうえに、書かれたものである。

ここには、過去の名作の題名の元に、まったく新軌軸の物語が展開する。そして、後年満天下読者に周知のものとなった、ランプの顔もヒゲおやじの顔も、ケン一の顔すら登場してくる。これら個性ある顔形は、それぞれ、学生時代の習作から原型はあったようだが、作品として初めて本格的に人々の目に触れたのは「ロストワールド」辺りで、この昭和二十三年の作には、ローソクをおし立てた名悪役ランプが初めて登場した。ローソクははじめは更にでっかいのである。「メトロポリス」のランプのローソクもでっかく、しかしこの悪役すらどこか憎めず、ユーモラスであるのは、手塚さんの人間性につながるものであろう。氏の人間性については、あとで余白があれば、つけ加えたい。

この作はもっと大長篇のはずのものが、本にするときけずられて、エッセンスのみとされた。そのため物語展開が急調子で、映画風の目まぐるしさはかえって新味ではあるが、各人物の描き方がアンバランスとなってしまった。魅力ある人物が片隅におしやられたりしている。

だが、そういう欠点はあるにせよ、その物語展開と会話とをゆっくり眺めると、並々の力倆でないものがすでに感じられる。マンガの本質は、おもしろさ、おかしさにある。そのおもしろさは、すでに抜群といってよい。

ギャグ、セリフの妙は、ページ全部を使った絵を見るのが手っとりばやい。よく子供雑誌に、公園だの山だので、人間たちがバカげた行為セリフを吐いているもっとも幼稚なページがあるが、それと比較してみると、そんななんでもない人々の集まりで、各個人のセリフがそれぞれ秀逸で、その表情もそれぞれおかしく、いかに丁寧に書きこまれているかがわかる。

冒頭のほうに、沢山の科学者たちが集まって勝手なことを言ってる情景の一つ二つのセリフ。「今日集った中にはわしを含めて宇宙の真理を知っとる者はひとりもおらん！」「みんな　どんどんいろんなものを発明するからのう。わがはいの発明するものがない……オホン」「わがはいは　いかなることも知っておるぞ。このヒゲが目にはいらんか」「じゃあおさるのおしりはなぜ赤いんだ」「宇宙は三角形じゃちうのに…」「いーや四角だよ」などなど。

こうした本来なら素通りする場面で、これほど楽しめるマンガというものは、それまでの日本になかった。全体として、探偵小説的興味がありSF性があり（後年のアトムを思いだせる）、結末は非情であると共に暖かい。「ファウスト」となると、もっと絵も確かで、全体の統制もよくとれており、抒情性（のちの「リボンの騎士」など）がずっと濃くなる。そして人物造形もゆるぎないものとなってくる。

名作を換骨奪胎《かんこつだったい》するのは作者の好きなところらしく、他にも「罪と罰」など秀作があるが、この「ファウスト」の出だしの場面も作者の好みらしく、映画「千夜一夜物語」の設定を思いだす読者もいることだろう。

私が好きなのは、王様の人物像である。私はこの「ファウスト」を、恥ずかしいながら今回はじめて見たのだが、この王様にはすっかり笑わせられてしまい、拙作『さびしい王様』の父上の王様はもっとつまらないな、と我ながら思った。なにせ、こちらの手塚氏の王様は「やァ皆の者　これをみよ　遠からんものはみえないが　この通りわしは大金持になったぞ！」と祝いの仮装舞踏会をはじめ、「若い勇士」になろうとしてカンシャクを起し、顔中まっくろけになると、「これ以上じっとしていられんッ」ため「もう勇士はやめじゃ酋長にする　近よる者はスミをつけるぞッ」と歩きだし、人に「王様」と話しかけられると、凄い勢いで歩きつつ、「わしをよぶなら人喰い人種の酋長とよんでもらう　どうじゃこの勇姿は」などと言うので、完全に私は降参した。

魔女の場面でも、不気味さが完全に滑稽化されていて、ふつうなら誰でもよむくせに誰でもよまないともいえるゲーテの「ファウスト」（殊に二部は私はよくわからない）も、このマンガにより、わが国の小学生も登場人物の名をそらんじ、地下のゲーテも苦笑するであろう。もっともゲーテだってファウスト伝説を盗んだのだから、手塚さんを叱る権利はないはずだ。

作品というものは作者の意にはならぬもので、意外の端役が成長し、のちに主役になることもあるし、その逆となるものもある。

手塚マンガに登場するいろんな人物は、みんなとっかえひっかえ相《すがた》を新たにして出てくるので、そのため読者はぜんぜん別の作品をよんでも続篇をよむような気にもなり、意外なところで、意外なランプに出あったり、意外なヒゲ親父（悪役のときもあった）にぶつかったりして、懐しかったり驚いたりするが、その原型がすでに作者の学生時代のイタズラ書きともいえる時代に生れていたことは特筆に価する。

その中で、「ファウスト」とか「罪と罰」などは完全に独立した作品だが、長い流れの中で、そのギャグの原型だの抒情味の原型だのを発見でき、愛読者にとってはこのうえなく懐しくも貴重なものといえよう。なにせ近ごろでは入手不能に近い作品なのだ。

『鉄腕アトム』はもとより氏の子供マンガの代表作の一つで、アトム・ブームをまき起した長期にわたる評判作であり、今更解説の必要はあるまい。ただこの作の第一作は「アトム大使」であり、編集者が児童には難解にすぎるとクレームをつけたことは記憶されてよい。

また、アトムが夢中でよまれたころ、世は最初の児童マンガ・ブームで、良識のありすぎる母親たちが、俗悪マンガ追放に立ちあがったりした。しかし、結局、マンガは良いものも悪いものも（後者は母親たちの力でなく自然に淘汰されてゆくが）残った。このとき、良質マンガの代表が「アトム」であり、世の先生方がこれは私も愛読してますと言うので、母親たちもひきさがり、自分まで読者になった。

この作は作者の善意があまりに表立ち、あるものは教育的でありすぎるというので、現在は作者も自分の本意でないと思ったりし、若手のマンガ評論家たちはかえって手塚氏の代表作にあげないこともある。だが、本当に現象だけのマンガ・ブームから現在の子供マンガのしっかりした大地が確立されるのに、忘れてはならぬ功のあった連作で、手塚さんにしろ今さら照れなくてよいと思う。

この時代のもう一つの代表作に「ジャングル大帝」があり、もっとも物語性の豊かな、子供の教養小説（ビルディングスロマン）ともいうべきものである。

以前から、手塚氏のマンガのギャグが相当に高級なことから、大人ものを書いてくれたら、という願いは、皆の心にあったと思う。私もその一人である。

いつだったか、ずっと以前、「アトム」時代、氏は大新聞に大人むけ四コマ漫画を書き、私はひそかに注目していると、期待したほどのものではなかった。どうも四コマという起承テンケツが不得手なのか、案はたしかによいのだが、なぜかピンと来ない。或いは固い線のためなのか、動きに乏しい。やがてその四コマものは終りになってしまった。私はやはり手塚さんは長篇作家であり、場所があわなかったのか、と考えたりした。

つまり、四コマの世界に閉じこめられると、氏の豊かすぎる空想力は酸素不足になるようなのである。もともと、コマにしばられるのを破って、映画的視覚法を縦横に駆使してストーリー・マンガを創りあげた本家なのだから、これもやむを得ぬことかもしれないが、私はやはり残念であった。

「漫画読本」などに書いた大人ものはおもしろかったが、やはり氏の本領のどこかがチグハグになっているようで、あまりに作者が忙しいため、大人ものまでゆっくりやる時間もないのだろうかとも私は考えた。

だが、かなり前から手塚さんは大人ものを書きだし、殊に最近、青年層むけのマンガ週刊誌が多く出だしたが、そういう舞台で、のびのびとした自己の本領を息づかせた作品を発表している。

「サイテイ招待席シリーズ」は「漫画サンデー」に連載されていたもので、画はやわらかで、確かなデッサンであり、大人ものでもっとも成功したものの一つであろう。

「ペックスばんざい」を見てもわかる通り、これは上品なエロも十分に含み、文明批評のサビをきかせた大人の読物である。もっとも近ごろは大人も子供も入り乱れているので、大学教授が「アトム」に夢中になり、小学生がこのシリーズに夢中になる時代なのかもしれぬ。これまた批評無用の世界で、こういうものに解説を加えるのは、せっかくの愉しい遊びにお巡りさんがやってくるようなものだ。しかし、手塚マンガは作者がいくら女の裸体を描いても節度があり良識があり、お巡りさんもあきらめて引上げるか、無理に㊙なんて判を押しても、金庫から警視総監が持ちだして自宅で子供に与えたりするような健全な余裕がある。同じシリーズで「月に吠える女たち」「占性術入門」など、いずれもぞんぶんに子供までを愉しませてくれるものである。

先ほど絵がやわらかといったが、これは単純化ともいってよいもので、多くの大人マンガ家たちの手法である。だが、大人マンガ家たちのすべてがより絵がうまいというのではなく、読者によっても絵というものが左右されるので、年齢の小さな（一々註をしないと混乱する）子供は、丁寧に書きこまれた絵でないと満足しないのだそうだ。いつか、石森章太郎氏がそう言っていた。背景でもなんでもビッシリ塗りこまぬと、手ヌキをするなどと投書がくるそうである。だから大人むけマンガの方がほんとは早く描けて得だ、と氏は言ったので、私はなるほどと妙に感心した。それでは、児童マンガ家が助手を持たねばならぬのもやむを得ないかな、と考えたりしたものだ。

この助手を使うことはやむを得ぬかもしれないが、以前は私は不満であった。いくらはじめの線を本人がひくにせよ、どうしても絵の個性が変化してしまう。それゆえ、手塚作品にも氏らしからぬ絵もあるし、病気中のやむを得ぬ代作の場合もあったし、弱ったことだわい、と思ったりした。まあこの世界はもう自分で動きだしたコンピューターのようなものだから、もはや人間の手におえぬのかも知れぬ。

だが、これだけは人間の手でやっていることだから改め得るのは、児童マンガ誌の人気投票であろう。テレビの視聴率のごとくきびしい（本当にきびしいのではなくマヤカシである）この人気度によって、いかな大家であれ切られてしまうことがある。これではろくなマンガが生れるはずもない。ある少年週刊誌の編集者は熱心で作家と一体となってヒット作を産むのが立派だと聞いたことがあるが、本当の鬼編集者というものは、雑誌の発行部数とは関係ない世界で働くべきではなかろうか。誤解されると困るが、これらは手塚マンガとは関係なく、私が一人勝手にここで一般論をはじめただけである。

しかし、手塚さんにしろ、その影響をまぬがれない。いつぞや、氏は子供たちの時代による変化は大人にはわからぬほど、どんどん変ってゆくもので、こちらの作品も変えなければ、と言われたことがある。のちに、石森氏からも似たような言葉を聞いた。しかし、これは逆ではないか。かつて手塚さんは読者の求めるものというより、自分の求める勝手な作品をかいて、それを大衆が迎えたのだ。児童マンガも大人マンガの世界も、編集者も作家もそうあって欲しい。

たとえば、「どろろ」もオバケものの独特なものであったが、どういうわけか発想自体のもつ本来の長さに至らずして終った。これが万一、雑誌の人気投票が影響していたとしたら、オバケよりこわいことだと思う。この作品は、不気味さが第一の狙いのはずだが、まず哀愁の調べがさしはさまれてゆく。こういう手法は実にうまい。

民話というものも手塚氏はよくあつかった。たとえば『鳩よ天まで』など、新聞に長期連載されたもので、いつぞや氏は、この作品に自信がある、と洩らしたことがある。「どろろ」とか「バンパイヤ」の時代のことである。

いずれにせよ、ごく多彩な才に加えて、彼は貪欲である。こうした気質は大阪人に特有の長所であり欠点であることがまま見られるが、氏の場合はその長所が存分に生かされていることは、いずれ時間が証明してくれるであろう。

さて、もう一つの大人もの、或いは青年ものの代表として、本巻では「野郎と断崖」が選ばれた。「空気の底シリーズ」の最後の作品で、ごくリアルで、ごく幻想的で、かちりとひきしまった見事な短篇といえよう。ここでは、世間でよくいわれる手塚氏の善意とかヒューマニズムとかいうものへの挑戦の姿勢も垣間見られようが、虚無の風の吹きぬけたあと、やはり暖かいものが立ちこめるのが、氏の本質である。墜落する女の足がいくら若者好みになっていようと、そして赤ん坊の表情がいくら天使のごとく描かれていようと、結末が意外性のむなしい逆転となっていようと、それらは実に見事な手法であるのだが、読者はそれに感心すると共に、作品の表面には現れないべつな気持に誘われる。それが手塚さんの心根なのだ。

「ごめんねママ」は可愛らしい作品で、主婦好みのものとも思われる。こうしたドンランさは、いわゆる読者が簡単に思う氏の善意とは別の作家の多様さというべきである。あらゆる分野（たとえば少女マンガ「リボンの騎士」、ＳＦと民話との輪廻の輪につながる今のところまだ未完の大長編「火の鳥」など）に進出せねばいられない、比類のない活力と負けん気を氏は有しすぎている。

たとえば、マンネリだと読者から手紙がくれば、ノイローゼとなって精神鑑定まで受けざるを得ない生真面目さと負けん気は、一般人の想像以上のものらしい。この話は「ぼくはマンガ家」という氏の自伝に出てくるが、単なる成功伝ではなく、冷静な自己批判と戦後マンガ史になっているのがこの本の特長で、ただ氏自身が告白しているごとく後半が駈足となった。この忙しさのあまりの時間切れが氏の唯一の欠点ともいえようが、それまた長所となってしまうのだから、愛読者は怒りながら、やはり感心してひっこまざるを得ない。

テレビ化と共に、「アトム」の爆発的な人気から、こうした世界では必然的な故意の悪評、限界説も起こるものだが、そういうものはもはや悠然とほっておけばよい立場にいるのに、ムキになって「なにもかもぼく自身の責任と認めて」思い悩むのが、手塚さんなのである。

使っている助手と、自分の絵が下手だ、いやウマイ、こんどのはどうだ？　などと言い争うそうなのだから、やはりいつまでも自己満足におちこまぬドンランな人物というべきである。親分であるはずなのに、チンピラ漫画家のマンガがヒットすると、負けるものかと意気ごんだりするらしいのだから、優しく、かついつまでも凄まじい青年性というか、ヴァイタリティを失わぬ人なのだろう。人間、齢をとるとそれが薄れてゆくのが日本人の弱点だが、その点では氏は日本人離れしている。

ずいぶん勉強をなさる人なのであろう。同じ本に、ゴヤのデッサンの指摘が末尾に出てくる。人間は誰でも妙な癖を有し、手塚さんはオサムシが好きで名にまでつけ、しかし作品には別に昆虫のオサムシは活躍しない。その代りいろんな変型の生物が活躍したり、或いはヌボーッとした非活躍のための笑いを起こさせる。

肝腎のオサムシより、どうも彼と縁のありそうにない馬が、よく使われたりする。ゴヤの乗馬のデッサンのおかしい原因を氏は述べているが、ほとんどの時代小説家にせよ、合戦などに出てくる馬の描写はほとんどインチキである。自分が乗馬を知らぬからだが、本質を知らないから、かえって作品は読者の喜ぶようにできあがる。手塚さんはすべての分野で私などより遥か先輩といえようが、きっと馬に乗ったことはなさそうで、アブミの踏み方でもしばしば出鱈目であり、マンガだからそのほうがカッコよいじゃないか、と言われれば私はひっこむが、手塚マンガに熱中しすぎた私は、一つくらい無理に難クセをつけておこう。

大体、私のこの解説は、文章もひどいし、意味もとりにくい。立派なマンガに解説をつけるのは、せっかくの御馳走があるというのに、フォークやナイフのほうを呑みこめ、というがごとし。というのはホントはインチキの弁解で、手塚氏のマンガをむかしから見ているくせに、私はその活力を真似るどころか活力を奪われて寝てばかりいる。

しかし、近ごろの子供にせよゲバ学生にせよ、私より多くのマンガを勉強しているらしいが、なかなか元気もある。真のヴァイタリティが手塚氏らの作品にある証拠なのだが、老境の私はその逆の影響のみを受けてしまったようだ。してみると、かつて「子供にマンガを読ますな」とジャンヌ・ダルクより狂信的に立ちあがった世の母親方に、また立ちあがってもらって、「大人や老人にマンガを読ますな！」と、シャモジをふりまわして貰いたい。

これは、我ながらマンガのためになりそうなアイデアみたいだ。なぜって、この世はシャモジと逆に動くものだから。

どうも、どうも——手塚治虫氏

もう十余年もまえ、私は児童マンガを大量によみ、大人でこれほどマンガをよむのはどうも私くらいのものである、と自負していた。

ところが昨今はどうも形勢が変わった。阿部進氏、尾崎秀樹氏をはじめ児童マンガに関しても権威が輩出し、あまつさえチビから大学生から、どうもガクがあり批評家であり、むかし、児童マンガ評論家（そのころは、そんなことばはなかった）になりたい、そうすればマンガ雑誌はみんなタダで送られてきてしめたものである、などといっていた私も、今はこそこそと退散せねばならない。

たとえば、大人の雑誌に児童マンガのことを書き、どうせ読者は知らぬだろうと、筆のおもむくまま石森章太郎氏につき、「惜しむらくは代表作がない」（付記。かなり以前の話である。）と書くと、たちまち抗議の手紙が来、「あなたは石森さんのコレコレの作品を見たことがあるのか」と、どうも叱られるはめになる。実際は石森氏は私のヒイキのひとりで、そのためつい欲をいったので、むろん公正な文章ではない。

逆に、手塚氏のマンガを私はどうもほめてきており、この辺で悪口も書いてみたいが「どろろ」も「火の鳥」もどうも良く、今回はからめ手から悪口をいいたい。

氏ほど約束の時刻に遅れる人間はどうもめったにあるまい。以前、東映動画の「船乗りシンドバッド」のシナリオを氏とやることになった。ところが、三十分、四十分、五十分と遅れてやってくる。氏の多忙さはわかっているが、こちらだって人間だから、イヤミの一つもいってやろうと待っていると、どうも一時間もたって、マンガのごとく慈愛にみちた丸顔を現わし、「どうも、どうも」というのである。

このマンガ的温顔と「どうもどうも」に会うと、ついだまくらされて、氏の生きて出現したことを花火でもあげて祝福したくもなってしまう。そこで私は、「あのドウモドウモはどうもうさん臭い。テープ・レコーダーにしこんであるのかもしれん。それなら、いっそドウモドウモを発せぬ先に」氏を爆砕してやろうと、ダイナマイトを隠しもって待機していると、今度は氏は、丸一年も遅れてやってくるので、ダイナマイトもどうも腐って朽ちはててしまうのであった。

しかし、この際に私は、電子頭脳のごとく超高速に、氏の頭から多彩なアイデアがポンポンとびでる現場を見ることもできた。いざ仕事となると、どうもやたらとせわしく針のまわるキチガイ時計の打ちあげ花火みたいである。私は呆然とそれを眺め、自分ではなんの案もださず、たった一つ、ペットのクジラの子をひねくりだしただけで、どうも役立たずの見本みたいであった。

ところで、このときの東映動画のえらあい人が、どうも地球上で百三十八番めくらいに頭がわるく、せっかくの氏の案の大半がつぶされ、私のクジラの子もあらかた消されてしまった。

どうも手塚氏の悪口にならなかったみたいである。だが手塚さん、この文章の中の「どうも」の数をかぞえてください。どうも、どうも。

先んずれば――矢代静一氏

矢代静一氏とは、軽井沢の遠藤周作氏のお宅で、毎夏、何遍かお目にかかる。

遠藤氏は客好きで、来る者は拒まずというより、ザワザワした雰囲気の中で仕事の疲れをとるという御性格だから、氏の山荘を訪れる人は相当に多く、しかも多方面にわたっている。

その中で、ひときわこの夜の、かなり深夜までの憩い、団欒の場をにぎわすのが、矢代氏なのである。

氏は実に人なつこい。私はあんがい人見知りをするし、初めて会った方のまえでは、酔っぱらわないとギコチなく、言葉もうまく出てこないというふうである。

それが矢代氏の場合、初対面のときから、まことに愉しい時間を過させて頂いた。私が氏とお会いしてから、まだせいぜい四年くらいである。それなのに、氏のお顔を見ると、ずいぶん昔から知っている先輩のような安心感を覚える。（この安心感には註を要するが。）

とにかく、若々しく、どこか子供っぽい童顔をされていて、いかにも愉快そうにニコニコしている矢代氏なのだが、酒がまわってくると、もっと愉快になりだす。すなわち、歌をうたいだすのだ。

この歌が、宝塚の「スミレの花咲くころ」から、各種のシャンソン、即興のオペレッタと、果しなくつづくのである。それはまあよいとして、氏は自ら手をふりまわして指揮をとり、同席するすべての人間に一緒にうたうことを強要する。これがどうも悪癖である。私はたいへんな音痴で、「スミレの花」もうたえない。まあナニワ節をやるくらいだ。それでも、こちらも酔っているときは、この出鱈目な合唱会は実に愉しく、ときには可笑しくて涙が出るほどだ。

しかし、こちらの到着が遅れて、つまりシラフで、しかもウツ状態のときは、慌てて酒を飲みだしても、この突拍子もない雰囲気に圧倒されて、なかなか酔えない。むこうでは矢代氏が、初めはけっこう抒情的な歌いぶりだったのが、もはやうたうというより、わめき、どなっている。すると、おれはこんなにウツウツとしているのに、彼はなんであんなに愉快そうに騒音を立てるのか、口惜しいというか腹立たしくもなってくる。そこで私はガブガブと酒を飲む。遠藤氏の酒だ。遠藤氏は内心、人の家にきて高級酒をガブ飲みする私を、浅ましい奴だと思っておられるにちがいない。だが、その原因の一つは、矢代氏の存在なのだ。そういうとき、たいてい私は悪酔して、翌日はひどい宿酔《ふつかよい》となる。つまり、矢代氏は私にとって、安心できるすばらしい方なのだが、考えようによってはケンノンな相手でもある。むこうより先に酔ってしまえば、私だって彼以上の大声をはりあげたり、出鱈目な踊りもでき、みじめに屈服したという感情を抱かないで済む。

それゆえ、矢代氏と同じ時間に遠藤氏宅に現れたときも、私は相手より早く酔おうと、酒をガブガブ飲み、あとになって遠藤氏に罪悪感を抱き、肝臓と十二指腸カイヨウの心配をするという次第だ。

今年の夏も、遠藤氏宅へ参上すると、すでにかなりメートルのあがっているらしい矢代氏が、私を見てニヤリと笑った。私は、瞬間、もうダメだと思い、しかし、グラスに酒をダボダボとそそいだ。

私はたいていのとき、矢代氏に圧倒され、みじめな敗戦の気分を味わいつづけてきたので、つい一方的な文章になったが、念のため付言すれば、これは反語というものである。つまり、それだけの魅力ある、かつ心底から優しい方でないかぎり、いくらバカな私だとて、かくもヘンな敵愾心を起こさぬであろう。

ムツゴロウ氏の本——畑 正憲氏

私は一度だけ畑正憲氏にお目にかかったことがある。確か一九六九年の初夏で、ある雑誌の「おかしな生きものたち」と題する対談であった。悲しいことに、私はそれまで畑氏の卓抜な動物文学を知らなかった。編集者が口を極めて氏を讃めるし、動物は私も好きだし、なにか得るところがあろうと何げない気持で対談を引受けたのである。

ところが、その初対面の席で、氏を一目見て、私は一種異様な気持に襲われた。それも喜ばしい一種異様な感じなのである。そこには、いわゆる堕落した文明社会を拒否する、一つの強靱な精神が、独特の魅力ある顔かたちをして立っていた。私はかつて父のおかげで、子供のころから幾人かの偉人を目にするという機会を持った。そして、そのとき私が見た人物は、べつに世間的に偉い人という顔立ちはしていなかったが、ある一筋の道に打ちこむ、「ただ者」でないという体臭を一杯に発散させていた。

座談もおもしろかった。基礎のしっかりした、いや、なにより血の通った体験に裏づけされた豊富な知識が、興味津々と述べられた。私も歯がわるいが、畑氏も歯がわるいように見えた。しかし、氏のあくことない好奇心、どこまでも自分の血と肉でこの世の大自然の営み——人間をも含めた大自然の複雑さを追求する氏の、ある意味で赤子のような、ある意味で野武士のようなナイーブな心根に私は打たれた。

事実、私は呆然と聞き役にまわり、氏の豊かな体験をウツウツと聞いているうちに時間が終ったのである。氏はその見かけは乱杭歯のような歯で、人間の肉をぜひ食べてみたいとも言った。しかし、氏の全体像から発するその言葉は、氏が実に人間的にやさしく、ニセモノでないヒューマニズムに溢れていることを実感させたものである。

このような個性的な人間に、私はこれまで滅多に会ったことがない。見たところ、ごく柔和で朴訥そうである。だが、ほんのしばらくの対談のあと、私はこの畑という人間の、知性をともなった野人的魅力にすっかり参ってしまったのだった。

そのあと、氏から著書を送られた。そして、私はまた一驚せざるを得なかった。いくらすぐれた動物学者であっても、また個性的人間であっても、その書くものが文学として定着するかどうかは、また別問題である。ところが、畑氏の『われら動物みな兄弟』（ちなみにこの本で氏は日本エッセイスト・クラブ賞を受賞した）、また『日本の海洋動物』という海の生物のカラー写真を主とした書物の解説的文章、これらは単なる「動物文学作家」というものではない、すでにもっと広範囲な「作家」の文章であった。

　その当時だったから私はそう感心したが、今や畑氏は各方面において、ユニークな作家として活躍されていることは、愛読者の皆さんが十分に承知しておられることであろう。「ムツゴロウ」ものは、多くの人々の心を惹きつけるし、動物を主題とした小説も多い。

　ところで氏のニックネーム「ムツゴロウ」とは、いかにして生じたか。畑氏の言うところによると、友人のつけた渾名で、

「ぼくの生態に由来しているんです。肉体的に疲れると、枕を抱いて、口をクチャクチャやって眠るくせがあるんです。枕にアゴをのせ、口をパクパクやってるものですから、干潟の穴から顔を出しているムツゴロウを連想したんでしょう」

　ムツゴロウは、水陸両用の魚でもある。氏のタフさ、奇抜さ、変てこりんさからいっても、このニックネームはピッタリともいえる。

　ところで、『天然記念物の動物たち』であるが、この「滅びゆく動物を記録しよう」という、もの哀しく、切なく、かつ無くてはかなわぬ後世に残さるべき書物が、いちばんその特色とするのは、一つには生身の実地の体験記録であり、もう一つはそれが立派な文学になっているという点である。

畑氏は、まだアクアラングを使った潜水が普及しないころは、少しでも潜水時間を伸ばすため、石を抱いてもぐった。そして、「どくどくと鼻血があふれてきたが、マスクをはずし、海の水で洗ってやると、ピタリととまった」というほどのファイトの持主、海の無法者であった。

その無法者の書く文章がどういうものであるか。「カブトガニ」の一節。

「陽が高くなると、もう我慢ができなかった。私は東京からはるばる持参した潜水具をたずさえ、飼育槽にかけつけた。

潮がみちている。静かにからだを沈めると、飼育槽はちょうど背たけほどの深さであった。私は泥をまきあげないように慎重に動いた。

こうらにうっすり泥をかぶったカブトガニが、すべるように動いている。……」

これは見事なリズム感のある、簡潔な文章である。

私が氏を単なる「動物文学者」というものでなく、動物をヌキにしても、一箇の「作家」と呼ぶのは、かような文章を書く人だからである。

といっても、氏が多様な文学を生む稀な作家であるにせよ、その生涯を通じて、やはり動物から離れて頂きたくない、と私は思う。私たちは、自然、生物からついつい離れた生活をするようになった。そこに、北海道の小さな無人島で、ヒグマをはじめ多くの動物と暮し、哀れな一見文明人を嘲笑する畑氏のような人間が貴重なものとなるのだし、その記録文学もひときわみずみずしいと感じざるを得ないのである。

しかも、氏は歯こそわるく見えるが、あくまでもたくましく、野性さながらに海にもぐり、野山の生物を探り、大地に寝てその息ぶきを感じ、伝えられる人である。この日本で、実に稀有な人間の一人であるといってよい。

「モリアオガエル」の冒頭。

「霧が深い。雨滴と見紛うばかりの大粒の霧が山を包んでいた。

このまま雨になるのだろうか。私は不安をいだきながら廃道をたどっていた。アオモリトドマツとダケカンバの混生林が両側に迫り、道には夏草が茂っていた。ノイチゴが路上で実を結んでいる。新道ができて以来、よほどのもの好きでないと通らない道である。沢にそった部分はくずれ、橋は半ば朽ちていた」

実に整った文章である。この『天然記念物の動物たち』という書物で、もちろん読者の興味をひくのは、その稀となった動物たちの生態の記録であるが、それが単なる記録でなく終っているのは、この「作家」の文章である。

もう一つ、著者の人間味である。その個性的な人間味は、他の人間の特色をも引きだす。畑正憲氏の動物文学の特色は、動物をよく描いていると共に、それを観察し研究しようとする彼自身、または仲間、先輩などの人間をも巧みに描いていることである。それが、ふだんはさして動物好きでもない読者であれ、ひときわ興味ふかく惹きつけられてゆく要因であることは確かであろう。

「オオサンショウウオ」の章で、この動物と氏をつなぐ「見えないリズムを刻みはじめたよう」で、「生命の秘密に踏みこもう」としている学者たちは実は単なる賭事をしていたのだが、氏はそこから動物との一体感を味わう。おもしろく、かつ感動的なエピソードである。

人間がなければ、それに対立する「自然」もなく、自然がなければ、哀れでまたサンゼンたる存在の私たち「人間」もない。畑氏はそういうことを肌で感じとれ、かつ行動できる数少ない人間の一人なのであろう。

若い日の羞恥——八千草　薫さん

私は女優さんとほとんど面識がないが、二、三、贔屓にしている人はいる。しかし、ファンという言葉を使うなら、どうしても八千草さんの名をあげねばならない。なぜなら、学生時代からの長いファンであるからだ。

大学生時代、同人雑誌にまったく売れぬ小説を書いていたころ、おなじ同人で親しくしていた女性がいた。彼女は私が八千草ファンであると知ると、デビュー当時の八千草さんのブロマイドを二枚買ってきて私にくれた。それまで、私は本当は写真くらい持っていたかったのだが、さすがに恥ずかしくて自分で買うことはしなかったのである。

私はありがたくそのブロマイドをもらい、ノートの間にはさんで、頻繁にながめた。自称ならびに他称「清純三文作家」はかくして生れたのかもしれぬ。

八千草さん出演の作品で強く印象に残ったのは、かなり以前の日伊合作映画「蝶々夫人」である。この蝶々さんのあまりの可憐さ、なんともいえぬ風情はいまだに記憶に焼きついている。しかも、単に可憐というのではなく、それまでの外国の「蝶々夫人」が、およそ日本についての認識不足でありすぎたのを見事におぎない、いま考えても、これは良き日本というものを外国に知らしめた堂々たる演技ぶりであった。下手な外交使節団をゴッソリ派遣するよりも、ごく若い八千草さんが一人でそれ以上の文化交流を果たしたというべきである。この映画はもっとたびたび再上映されてよい。

そして昨今、今や中年ぶとりしてきたわが身にとっては、テレビなどで見る、いまだにかつてのままに可愛らしい八千草さんが、なんとも奇跡としか思えずにいた。もちろん一度もお会いしたことはない。私は彼女のコマーシャルまで熱心に見、「あ、どうして二十歳のごとくあんなに可憐なんだろう」などとつぶやいていた。

そこに、「だれかのファン」という電話があった。私は起きぬけでモウロウとしていて、あやうく断わるところだったが、お手伝いさんが「八千草さん……」と注意してくれ、ハッと目がさめて、「ぜひとも」と返事をした。お手伝いさんもファンだったし、そのうえ仕事を手伝ってもらっているO嬢も愚妻もファンであったため、八千草さんがいらして下さる日は、わが家は異常状態を呈した。

この目でじかに見る八千草さんは、テレビの画像以上に、まさしく少女のごとき初々《ういうい》しさであった。そうして、ブロマイドなど持っていた女性の、その本物の間近にいると、中年性ずぶとさも有してきた私も、青年当時のうぶな羞恥心がよみがえり、口もどもりがちになった。熱心なカメラマン氏が、二人を小さな椅子に腰かけさせて写真をとるので、正直のところ気も遠くなりかけた。

わが家のみんなが何枚もサインを書いていただき、まるきりミーちゃんファンどもで、八千草さんはさぞかし御迷惑だったと思う。

ふと「お酒は飲まれますか」ときいてみると、ブランデーを少うし、ということだったので、あわてて酒を出した。「すぐ赤くなっちゃいますので」とおっしゃる通り、一杯の半分も飲まないうちに、彼女はポッと赤くなり、するとあくまで清楚なその顔に、テレビや映画では見られぬ微妙な色気のごときものが漂いだした。私は彼女の一般ファンより得をしたわけである。

御主人の谷口監督と一緒の山の話、華奢なからだでがんばってかなりの荷を背負うという。足もお強いそうだ。その他、つけ人もいないということ、プロンプターがつくと追っかけられるような気がして、覚えている台詞も忘れてしまうからかえってダメということなど、八千草さんのイメージをよく伝える話もいろいろと聞いたが、もはや紙数が尽きた。

前畑がんばれ

先に、NHKから「昭和の記録」というテープの録音集が出た。これは懐しい。殊に戦前の部分が懐しい。

ベルリン・オリンピックの有名な「前畑がんばれ」の放送もはいっている。これは、あまりに有名すぎて、私は当時、その放送を自分の耳でじかに聞いたように思っていた。あのときは、たしか短波の同時放送が行なわれたはずだ。しかし夏で、私は箱根に行っていて、どうも聞いていなかったというほうが正しいらしい。

今度、その「前畑がんばれ」を聞き直してみると、まことに真実一路というか、単純にしてひたむきな放送であることがわかった。河西アナウンサーは完全に興奮してしまったのである。

「前畑わずかにリード、わずかにリード」

「前畑あぶない、前畑あぶない」

ここから、かの有名な「がんばれ」が始まるのである。「前畑がんばれ、前畑がんばれ、がんばれ、がんばれ、がんばれ、がんばれ……」

私も、まさかこれほどまで「がんばれ」を連発したとは知らなかった。これは一世に残る名放送であるが、今だったら、あんがい河西アナウンサーはあまりに逆上したというので叱責されていたかも知れない。

他に、残念に思ったのは、六十九連勝の双葉山が安芸ノ海に敗れた一戦の放送録音がないことである。当時横についていたアナウンサーの思い出話が収められているだけである。あのときは、たしか私もラジオで聞いていた。しかし、今、どういう具合であったかむろん思い出せない。それだけに、あの放送をもう一度聞いてみたかった。ＮＨＫにも保存されていなかったのであろうか。

ガロイ氏との一夜など

一種の招待のような形で五十日ばかりアメリカへ行ってきた。「専門分野の人と話しあって日米文化交流に尽されたし」なぞとあるので、とても私の柄ではないと思い、苦しまぎれに精神病院の見学とＮＡＳＡの月ロケット計画の見学と、会う作家としては出発まえ「ＳＦマガジン」の福島編集長から数名のＳＦ作家のエージェントを教えてもらっておいた。

それらの作家と会えていたら、本誌にいくらか彩りをそえられたと思うのだが、いずれも旅行中、病気中とのことで、シェクリイやブラウンやブラッドベリの顔を見ることはできなかった。といって、彼らが本当に病気か旅行中なのかわかったものではない。（ブラウンは重病とも聞いたが）エージェントは彼らの住所も教えないのである。向うのエージェントはそれだけの権威を持ち、作家を大切にしているようである。

ＮＡＳＡの施設としては、ワシントンの本部から始まって、ヒューストンの有人宇宙船センターでは宇宙飛行士の一人マイク・コリンズ氏と三十分間インタビューできたし、ミシュー工場、ミシシッピ試験場、マーシャル飛行センター、と山ほど見、ケープ・ケネディに着いたころにはロケット、ロケットで、巨大なサターン5の夢に悩まされるほどであった。

これらの月計画については来年、某紙に書く約束があるので割愛せねばならないが、宇宙飛行士コリンズ氏に、サイエンス・フィクションを読むかと訊いたら、前は読んだがここ五年は読んでいないと答えた。なんとなれば、科学の本をうんと読まされるし、訓練の連続で閑がないと。好きな作家はブラッドベリとのこと。しかし、往年のスカイラーク・シリーズなどの名も知らなかったし、ベムという言葉も知らなかった。

彼は三十七歳で、一九六六年七月十八日から七十時間余、ジェミニ10で四十三回地球をまわり、同僚のヤング氏と最初の二重ランデヴーに成功した男である。ハンサムな、やさしい感じの、むしろやさ男で、ＮＡＳＡでは今年中に二回、来年初期に一回、月ロケットの最終の地球軌道上のテストをやるが、この三度目の一員として予定されている。彼自身は、この三度目のテストが成功すれば、次には月着陸をやると言っていたが、他のＮＡＳＡ関係の人の話では、月到着はまず一九六九年の末だろうとのことであった。

ＮＡＳＡは予算をけずられたが、月計画のものはすでにとってあるので、月ロケットそのものには支障ない、ただ、それからあとのこと、たとえば火星への旅などは、予算がとれるかどうかによってきまるので、まだまったく予想がつかない由である。

とにかく、私は記者の資格で一般人のはいれぬところまで見せてもらったが、どこのＮＡＳＡの施設もずいぶんとオープンで、ケープ・ケネディなどは観光バスをつらねて観光客や小学生の団体がやってくる。あれだけの予算を使っているのだから、自分らがどういう意義のあることをやっているか、国民に知らせるという意味で、広報課の人が団体客を案内し、映画を見せるというわけである。

ニューオリンズに着いたとき、Daniel F. Galouye という人の招待を受けた。この地のスポンサーが、私が他のＳＦ作家に会えなかったことを聞いて手配してくれたのである。これまで七十五篇余のサイエンス・フィクションを書いた人とのことだったが、不幸にして私はその名が記憶になかった。

ニューオリンズの主《ぬし》といわれる老ジャーナリストも一緒に会わせるというので、とりあえず応ずることにし、日本のＳＦ界のこと、「ＳＦマガジン」という雑誌もあることでも話そうかと思っていたら、車で迎えにきた氏がまず取りだしたのが、当の日本の「ＳＦマガジン」二冊であったので、私はびっくりした。ただまずいことに、一九六一年一月号「安息所」、一九六一年五月「プライアブル」という彼の作品の内容がまったく思いだせない。話が喰いちがうと失礼なので、私は、申し訳ないがこれはまだ読んでいない、日本に戻ったらさっそく読むと逃げを打った。いま、日本でその「プライアブル」を読んだら、宇宙船内の連続殺人事件をあつかった、ＳＦ的ミステリともいうべき、よく覚えている洒落た懐しい作品であった。

氏は端正な好男子の紳士で、人好きのする陽気な奥さんを連れていた。ただ、もう一人の、ニューオリンズのジャーナリストの長老というのが、名はドイッチェ氏、これが八十歳くらいの、ミイラが生きかえったごとき奇怪至極な人物で、実をいうと私はフランケンシュタインを連想してしまった。

ガロイ氏はフランス系で自分ではガルイと発音するので、それでは「ＳＦマガジン」にそう伝えましょうというと、いや、こちらでもガロウイとかいろいろ呼ばれているから、ガロイで一向かまわない、と答えた。

なお私たちが、日本ではＳＦと略していうがそう言ってよいか、それでよい、われわれもよくそう言っている、という会話をしていると、先のフランケンシュタイン氏が、「ＳＦってなんだ？」とだしぬけに声をあげるので、私は、ああこの人物とはいったい何を話したらいいのかなと思案したものだが、このドイッチェ氏（その名そのままにドイツ系）は、なんとハインラインの古い友だちで、今夜でも電話でハインラインを呼びだしてやると言う。おまけに、コンピューターと呼ばれているほど、なんでも知ってる男だと、ガロイ氏は言った。

ニューオリンズはフランス色のごく強い、アメリカでも特異な町である。黒人ジャズの発祥地であり、かつストリップ小屋がずらりと並んでいる通りがある。

二姉妹という名の由緒ある料理屋に行くことになっていたが、ドイッチェ氏がその前に展望のきく会員組織のバーへ私らを誘った。そこで酒をのんでガロイ氏とゆっくり話そうと思ったら、ドイッチェ氏がこちらへこい、あのニューオリンズの夜景を見ろと、頻々と私を連れまわる。この町が心底から好きで、大得意らしいのである。

やっと料理屋へゆき、ここでもドイッチェ氏の食通により食物を選ぶのに時間がかかり、その料理を讃めるのにまた時間がかかり、ガロイ氏の奥さんに日本の男尊女卑思想を説明するのに大汗をかき、肝腎のガロイ氏との会話はずっとあとになってしまった。

彼はハインラインがヒューゴー賞をとったとき次点になった由で、彼自身はハインラインに投票したそうだ。「それから彼がえらくなって、私は下積みだ」とガロイ氏はにこやかに手真似をしてみせたが、そのあとガロイ氏がそれほど目立った活躍を示さなかったのは、後述する彼の病気のせいなのであった。

ガロイ氏は戦争中、テスト・パイロットをしていた。のちに、ミサイルの遠隔操作もしたし、転送機にジェットを二つつけて、半分ロケットみたいなものでも飛んだ。一九四三年飛行機事故で頭を打ったが、一ヵ月以内に直り、どうということもなくパイロットをつづけ、戦争が終るまで務めていた。それが一九六五年になって、急にテンカンの発作が始まった。以来、薬をのみつづけ、大きな痙攣はなくなったが、現在でも二、三秒間の失神状態がしばしばくる。それゆえ、戦後やっていた新聞の副編集長もやめ、年金で暮し、ぽつぽつと作品を書いている。

これはあきらかに頭部外傷後遺症としてのテンカンで、現在は小発作の状態が残っているのであろう。私はかつては精神科医だったことを話し、医者としていくらか述べた。こちらの医者もあなたと同じことをいう、日本になにか特別な薬はないか、とガロイ氏は尋ね、私は残念ながらテンカンの薬は西欧から輸入したもの、それに近いものしかない、しかし薬は年々進歩しているから、近い将来あなたの悩みを消す薬が必ず出現するだろうと、なぐさめることしかできなかった。

たまたまハインラインのことに話が及び、彼の「宇宙の戦士」が右翼的だとかなんとか、日本でいろいろ議論されていると言うと、ドイッチェ氏がのりだし、「あいつはむかしからけっこう右翼だ」と言ったが、それは非難の口調ではなく、友人として半分ジョークを含んでいるようであった。ガロイ氏とドイッチェ氏によると、ハインラインは実にきちんとした男で、はじめから将来の図表を作り、作品もほぼそれに従って書いている、という。ドイッチェ氏が帰りにおれの家に寄れば、その図表を見せるというので、実をいうと私は個人的なノートでも見せられるのかと胸をときめかした。

しかし、そうではなかった。一九五〇年刊の『月を売った男』、一九五一年の『地球の緑の丘』などのハード・カバー本の表紙の裏に、一九五一年から二六〇〇年の未来史の表がのっているので、このことは私は知らなかったが、福島氏によればＳＦファンなら周知のことの由だ。ただ、ドイッチェ氏は、よく忘れたが一九三〇~四〇年ころ、これらの作品が雑誌に出るまえ、ハインラインはこの表を作っていたという。また、それぞれの本にはハインラインのサインがあり、『月を売った男』という本はドイッチェ氏に捧げられていて、本当にこの人間味あるフランケンシュタイン氏がハインラインの古くからの友人であることがわかった。

そうこうしているうち、時計は夜半を示し、ガロイ氏が、「彼の仕事の時間だ」といった。ドイッチェ氏は、ニューオリンズの新聞の論説をこれから書くのだという。そういうわけで、ハインラインを電話で呼びだすという彼の最初の話も、うやむやになってしまった。

ガロイ夫妻はホテルまで私を送ってくれた。もちろん氏の病気のため、運転は夫人である。

ガロイ氏は、医者のくれる分量の薬をのむとぼんやりして作品が書けぬ、実は今、自分でこっそり薬の量を減らしているのだと話した。それで発作の回数が増さなければそれでよいと私は答え、最後の握手を交すとき、その不利な条件をガロイ氏が克服して、これから先よいものをどしどし書いてくれることを心から祈った。

メルバーンの手紙

ネパールには、シェルパという山案内人がいる。東方の人という意味だそうだ。シェルパは立派な登山技術をもち、かつ主人には忠誠、まことによき山の伴侶であることは、多くの遠征記録に示されている通りだ。エベレストなども、テンジンという優秀なシェルパがいたからこそ登れたのだともいえる。バルン氷河を登った立教隊隊長の福田宏年氏に聞いた話でも、彼らシェルパは実に人柄がよかったそうだ。

私は一昨年、京都山岳連のカラコルム遠征隊に加わった。カラコルムというのは西パキスタンの北部にあり、広義のヒマラヤではあるが、ネパールとは場所も住民もちがう。カラコルム登山に際し、もっとも困るのは、ここにはネパールのシェルパのような優秀な山男がいず、ここのハイ・ポーターは概して登山技術には未熟な者が多いことだ。

私たちの隊も、これには悩まされた。少し荷が重いとダダをこねる。高所では高山症状でへばってしまう。おまけに発病者もかなり出た。

その中で唯一の救いは、メルバーンという男の存在であった。彼は今までに三つの外国登山隊に参加し、かなりの数の英語の単語もしゃべるし、なにより忠実でユーモアまであった。

はじめて山麓の村で彼に会ったとき、私は長いジープ旅行のあとで、頭から全身、砂埃にまみれ、貧弱なレストハウスの椅子にぐったりと身を投げかけた。

そのとき、小柄なメルバーンが、いきなり床にかがみこんで、私の登山靴の紐をほどきだしたのである。

私はあわてて、

「ノー・サンキュー」

と言ったが、相手はやめなかった。

丁寧に紐をほどき、そっと靴をぬがせ、靴下もとり、丁重にゴム草履を差しだした。こちらは、なにかお殿様にでもなったような気分で照れ臭かった。

彼はウルドウ語と英語と少し覚えた日本語をちゃんぽんに話した。どこか愛嬌があり、もう年なので隊ではコックとして雇っていたが、自分のこしらえた飯を隊員が残すと、たとえば「ドクター・サーブ（旦那）、ノーグッド」と言い、大食いの隊員がお代わりすると、喜ばしげに「〇〇サーブ、アッチャ（よい）、メルバーン、アッチャ」と言った。

私はこのときの遠征体験を土台にして、『白きたおやかな峰』という長編小説を出したが、この中に登場するメルバーンは、実在の人物をほとんどそっくりになぞってある。

小説の登場人物にモデルがあっても、多少の作りかえは行なわれるものだが、メルバーンの場合、そのままに書いて立派に通用する魅力を有していた。

他のポーターにわける食糧のことや、上方のポーターが文句を言ってきた際にも、メルバーンは異国の登山隊の立場になって、事を処理してくれた。

私たちの目標とするディラン峰（七、二七三メートル）登頂は、残念ながらあと数十メートル足らずで挫折した。攻撃隊は七千メートルの高度でビバーク（露営）をし、生命も危なかった。

あとで聞いた話だが、その不安な夜、メルバーンは一睡もせずに、攻撃隊の無事を神に祈っていた由である。

日本へ戻ってから半年ほどたって、私はメルバーンからの手紙を受け取った。隊長あてにまとめて送られてきたもので、私のは数行の短い英語の書いてある一枚の紙である。

そこでふしぎに思ったのは、メルバーンはなんとか用の足りる英語の単語はしゃべるが、文字は書けないはずである。

想像するに、カラコルムへの入り口ギルギットは、航空路もあり、田舎村だがいささかの文明がある。バザールがあって日本製のラジオ、時計なども売られているし、代書屋という商売もある。

メルバーンは、この代書屋に手紙を書いてもらったに違いない。

しかし、メルバーンの住む村とギルギットの間は、岩山の中をゆく荒涼とした道で、百何十キロもへだたっている。

メルバーンは何かの用事でギルギットまで出てきたのであろう。しかし、そこで金を出して、代書屋に頼み、私たちに手紙を送ってくれたのは、並々ならぬ心情である。

ほんの小さな薄っぺらな紙、そこに記された、まあありきたりの数行の文字。

しかし、それを見たとき、私の心には実にほのぼのとしたものがよみがえってきた。そしてあの忠実な犬のような目をした、小柄なメルバーンの姿が、いまそこにいるかのように、懐しく思い起こされたのである。

Ⅲ

芥川龍之介と私

私は終戦の年に、旧制松本高校にはいったが、なにしろひどい時代で、下宿難も甚しかった。そのため、むかしから学校内にある寮のほかに、工場の寮を借りて西寮という寮が作られた。

この西寮の一室に図書室が設けられたが、おそらく昔からの寮の図書室の本を半分借りてきたのだと思う。その中に芥川氏の全集があった。

私は中学時代、文学作品をちっとも読まなかったが、高校となると仲間がいろんな本を読むので、私も闇雲に読みはじめた。

そして、日本作家の中で、一番魅かれたのが、漱石と芥川であった。それでもその頃は、芥川の巧妙な短篇を、単におもしろいな、いいなくらいの意識でよんでいたと思う。次に私が芥川と再会したのは、大学にはいって、自分も小説を書くようになってからである。

当時、私は完全に神経衰弱のような状態で、ときには発狂するのではないかと思い、自殺のこともしばしば考えた。そういう心境で読む「歯車」や「或る阿呆の一生」は、なんだか自分のためにある作品のような気さえした。

そのころ、私はトーマス・マンをもっとも尊敬し、一時太宰にいかれたりしたが、芥川の後期の作品もまたかりそめならぬものであった。

氏は晩年に俗にいう神経衰弱状態で（医学的にはもっと掘りさげねばならぬが）不眠症も強く、精神科医でもある私の父から睡眠薬を与えられたりしている。そういうことを知ると、ますます氏は私にとってかりそめならぬ人のように思えた。

氏の文章の骨をけずるような磨き方は、実に凄まじいものであったのだろう。晩年の或る短篇で或る人に口述筆記を頼み、そのころ氏は煙草を喫わず、しかし煙草のけむりがないと書けぬといい、そのため筆記者は間断なく煙草を喫いつづけた。その中で「元和元年……」という二行ばかりの文章ができ、しかしそれではあとの文章につづき具合がわるいというので、一晩の徹夜の果、結局「元和元年」だけで終ってしまったという。まことに鬼気が迫る。

私は氏の文章に魅せられ、ところどころ真似をした。

私が同人雑誌に発表したもっとも初期の作品に「狂詩」というのがある。一人称の小説で、「私」という青年が発狂の恐怖にまきこまれてゆく過程を描いた稚拙な作品だが、たとえば芥川が「歯車」などで好んで使った「のみならず」という言葉は、しきりと私の文章に出てきた。「狂詩」は短篇集『牧神の午後』に収めてあるが、実はこれはのちに改作したもので、一番最初に発表した「狂詩」には「のみならず」が実に頻々と使われている。

　この小説の中で、少年の「私」が自宅の脳病院の玄関で自転車に乗って遊んでいて、そこに一人の男が出てき、視線があうと慌てて目をそらし、不自然な、ぎこちない、無理に強いたような足どりで門の外へ消えてゆく。そういう追憶を思い出した「私」はその男がそのころ殊さら惹きつけられていた或る作家だったのではないかと考える。

　その作家とは、私は本気で芥川氏のことを念頭にして書いたのだ。もちろん氏は昭和二年に亡くなられ、その年に私が生れているわけで、完全な作り事だが。

「それは私がまだ少年のころ自ら命を絶った男であり、その作品は、私に異様な親近感をともなって迫ってくるのだった。ある作品には、いたましい神経の懊悩がみなぎり、べつの作品には、重苦しく陰惨な死の翳がつきまとってゐた。堅く鋭利なその文章をたどってゐると、私は自分がいつしかとめどなく奈落の底に落ちて行くやうな感じに襲はれた」

　と、そんなふうに私は書いた。私はどうしてもその作品の中に芥川を思わせる人物を登場させねばいられなかったのだ。

氏は意外に若くして亡くなっており、今の私のほうが年齢だけは上となった。しかし、氏のものを読むと、どうしても何十歳も年長の方のように思える。その明晰な頭脳、その博識、その比類ない才能。

なぜに氏はあんなに若くして亡くなられたのか。もうちょっとにぶいところがおありになれば、あれほど自己にきびしくされなければ、とさえ私は思う。

氏の自殺はむろん思想上のことが第一だが、その他に医学上の問題がある。もし現在の薬品が当時にあって氏が入院でもされていれば、或いは自殺しなくて済んだのではないか、とも考えたこともある。

これは俗人の浅はかな考えかも知れぬ。しかし、私はどうしても氏に長生きして頂きたかった。

歯車

某月某日。念のためレントゲン写真をとる。熱去らぬ。友人の医者どもは、またインチキ病だろうとはやす。血も涙もない奴輩である。

午後三時、婦人雑誌の対談にて入院中の遠藤周作氏の病床へお邪魔する。遠藤氏は元気そうにて、ほとんどこちらは聞き役にまわる。むこうは本物の病人であり、こちらは重症と自称するもまあインチキで、申し訳ない感じ。

対談は女の悪口に関すること。遠藤氏の話すことを聞いていると、これはやはりケッコンなどせぬほうがよいと思われてくるが、氏の奥さまを眺めれば、そうみじめなことでもなさそうだ、という感が起こってくる。

病気といえば、私はいつか受賞式の折、金ビョウブなどあるので、カッとなって何か話さねばならぬ義務感にかられ、芥川龍之介の「歯車」について述べた。

芥川は私が生まれた年に死んでいるので、まったく想像するほかないのだが、あの「歯車」にでてくる歯車の像はフィクションでないことが書簡にあるので、私はこれを幻視のように述べた。

しかし、その後、椿八郎氏から電話をもらい、あれは「閃輝暗点」ではないか、という教示をうけた。芥川は分裂気質のつよい人で、晩年は相当強度の神経衰弱状態にあり、私はそれから幻視という言葉をそれほどの意味もなく使用したが、やはりこれは椿氏の意見が正しいようである。

「閃輝暗点症」という病気、あるいは症候名は、それほど珍しいものでなく、これは視野の一部に突然、稲妻形の光を感じ、それがまわりにひろがって暗くなり、視野の半分、ときには全視野におよんだりする。同時に偏頭痛、嘔気などを伴ったりするが、椿氏によれば、これは芥川氏の描いているところとそっくりだという。そして、この病気は、脳血管の攣縮から起るが、やはり神経質の人に多いらしい。椿氏によると、芥川はこの病気に悩まされ、それが氏を発狂への恐怖にかりたてたのだろうというが、それは神経衰弱状態の人に往々みられる現象である。

芥川の「歯車」の像だけの現象に関しては、これを幻視というより、「閃輝暗点」の症状と解するのが正しいようだ。

好きな箴言

機知に対する嫌悪の念は人類の疲労に根ざしている。（芥川龍之介）

芥川は近代日本作家の中で、もっとも機知という言葉にふさわしい武器を使用した数少ない作家であった。むろんこの機知は、彼の精妙な脳細胞から織りなされた胆汁のごときものであり、それを端正な言葉に吐きつくしたあとには、一瞬の解放感はあったろうが、より彼を憂鬱にしたことであろう。ラ・ロシュフコオが憂鬱であったごとく（『侏儒の言葉』はやはりいちばんこの公爵の「箴言《しんげん》」を思い起こさせる。百足《むかで》と蝶の会話にしろ、ルナールの軽妙さと似ているようでいて、実はずっと重苦しい）、このような肉づけでなく肉をはぎとる作業は、もちろん健康によくない。にもかかわらず、芥川がこのような仕事をつづけたのは、彼が自分の頭脳と——神経と彼は称するようになったが——そこから生れる機知とに誇りを抱いたからである。同時に、それとは逆の同時代のある種の人間たちと、もっとあからさまにいえばある種の作家たちに、当然の侮蔑と、鋭い神経によるやむを得ぬ嫉妬と劣等感を抱いてもいたからであろう。彼は自らの理性を信じながらも、かつそれが畢竟《ひっきょう》無力だったと書きつけることに、なおかつ憂鬱なにがにがしい自負を抱かねばならなかった。肉体の劣弱がいっそうそれに輪をかけた。「倭寇」という文で、彼は、日本人は盗賊、殺戮、姦淫等においても、決して「黄金の島」をさがしに来た異国人に劣らなかった、と記しているが、これは芥川がくり返し揶揄した軍人や勤倹尚武《きんけんしょうぶ》のあとにつづくから、優雅な日本人に釘を刺したように解するのが普通であろうが、彼の内奥にそういう願望がひそみ、そのあとで彼はまた疲れ不眠症となり絶望したのではなかったか。

そうした見方をしてみると、冒頭の句は実に偉大な語句なのだが、その低次元の発想に含まれているものは、彼の作品を理解しない同時代の愚昧な連中への皮肉がまず第一であり、「人類の」というところは、ほとんど「私の」という心情に近いような気がする。『侏儒の言葉』の中で、その末尾に近く、「わたしを感傷的にするものはただ無邪気な子供だけである」という一句があるが、これほどこの作家の全存在が弱々しくなったことを示す例はない。子供を単に無邪気というのは、筆の辷《すべ》りというよりも、ぴんと張りつめていた彼の神経も脳細胞も、認識するまえにすでに感傷的に、つまりにぶく惰性的になっていたのではないか。つけ加えるが、芥川氏は私のもっとも愛読し尊敬した日本作家の一人であり、そのゆえにこそこんな駄文を書いた。

けずられるにちがいない付記。

岩波書店広告「わが社は良書以外出版しません」

芥川龍之介の亡霊「なんでおれのがはいっているのだ？　そうか、彼はたれよりも単純だった」

（後記。この文は岩波書店の雑誌「図書」に載った。）

『魔の山』の思い出

私は高等学校で、マンの「来たるべきデモクラシーの勝利」をテキストとして、望月市恵先生の授業を受ける幸運を持った。そのためリルケやマンについての話を聞く機会も多く、マンの短篇はそのころ幾つか読んでいたと思う。

あるとき寮で、私と同じクラスの理乙の友人が、文庫本の『魔の山』を読んでいるところを見た。私はまだその小説の名前しか知らず、しかもなぜとなく怪奇小説のたぐいのような気がしたもので、その読後感を問うた。

「凄いなあ。凄い小説だよ」

と、その男は言った。彼は文学者肌をもつ生徒ではなく——現在は植物学者になっている——それだけに、その嘆声に近い声を私は今でもはっきりと覚えている。

もちろん、文科畠の生徒は争ってこれを読んだ。そして、旧制高等学校の寮の妖しげな雰囲気をツァウベルベルクと称し、悦に入っていたものだ。ついには私までが読んだ。やはり凄く大変な小説だとは思ったが、さすがに腹にもたれ、ゼテムブリーニの長広舌はしんどいと思った。それでも、謝肉祭の前夜のハンス・カストルプの気違いじみた愛の告白――これをフランス語で、つまり夢の中のカタコトでやらせた技術は見事だと今でも思う――カストルプが雪の中でみる人間存在についての驚くべき見事な多彩な幻想、さてはリンデンバウムを口ずさみながら砲煙の中へ消えてゆく主人公の――実際作者のいう通り、否応なく読者はこの平凡な、しかしサルモノの青年にふしぎな親愛感を抱く――姿などには、並々ならぬ感銘を受けた。その感動はずいぶんと深く私の内部に根をおろしたもののように思われる。

その後、大学生になった私は、小説のようなものを書きだし、マンは私の手離せぬ愛読書となった。好きな作家は少なくないが、この世でもっとも崇拝する作家には、私はどうしてもマンの名をあげる。

そんなことで、私は『魔の山』も五回くらいは読んでいた筈であった。しかし、なにぶん厖大な小説であるから、読む側にむらがでてきて、活字の一つ一つを一字もゆるがせにせずに読むことは不可能であった。

先年、船に乗って半年ほどの航海をしたとき、私はたまたまこの『魔の山』を持っていった。それは本当に幸福なことだったと今でも思う。

船が地中海を出て、アフリカ沖で漁をやり、港から港まで三十五日間という長い航海のとき、私は『魔の山』をひもといたものだった。書物もごく少ししか持っていかなかったため、「ついに魔の山を読みだす」と日記に記したのを覚えている。

今度こそ、一語一句、私は隅から隅までこの長篇を読み通した。そして、これほどおもしろい小説だったのかと、今更ながら驚嘆したものであった。狭い寝床にころがって、波にゆったりとゆすぶられながら、そしてたっぷりある、実にイヤになるほど豊富にある時間にまかせて、この長篇を辿ってゆくと、悠々とした時間の流れに支えられたこの長篇の本質とぴったりあい、まさしく読書の醍醐味とはこのことだと思われた。

「吼えたりよなライオン」と、なんのことはないハンス・カストルプの文句を私は読んで、それから腹の底から突きあげてくる笑いに心身をゆだねた。「時とは何だろう？」と私は読んで、その丹念な文章を、克明に辿れることを、ひそかに神に謝した。

そして私は思った。これこそ小説というものである。物語というものが小説の本道なのである。どんなあくせくとした時代がきても、紙と活字がある限り、『魔の山』はすたれまい。いつの時代にも、これを嘆賞する人々に不足することはあるまい、と。

長篇の愉しみ

マンの長篇をあげるならば、もちろん『魔の山』をぬかすわけにはいかないし、巨大な『ヨゼフとその兄弟』も、最後に書きつがれた初期の主題の復帰する『詐欺師フェリックス・クルルの告白』もないがしろにするわけにいかない。

にもかかわらず、私はここでは最初の長篇『ブッデンブロオク家の人々』をどうしてもとりあげたい気がする。マンの愛好者はむしろ後期の作をとるだろうし、またそれが正しいことと思われるが、私は最近、この処女長篇の見事さにあらためて瞠目するからである。よくもまああの若さで、かくも緻密なロマンを書きあげたものだと思う。

これは、物語そのものが、完全に若きマンの血の中にあり、あとは特有の粘液質によって、いたく徹底したリアリズム描写をつみ重ねてゆき、そしてそれが完成したとき、それは彼の意図をのりこえ単なる一家の没落史にとどまらず、ヨーロッパ市民一般の精神史にまで半ば偶然に無意識的に、たかめられたものといってよいだろう。

人間としての主人公は、いうまでもなくトーマス・ブッデンブロオクである。彼が自分の血の半ばをしめる父からの堅実な道を歩むとき、その描写はいささか固苦しい。が、もう半分の、彼の弟クリスチャンにカリカチュアライズされている反市民的な病的な傾向を示すとき、描写はがぜんいきいきとしてくる。

一体にマンは不具、畸型を描くとき、その筆はなんともいえず生き生きしてくるが、たとえば典型的な美人を描くとそうはいかない。マンがもっとも愛情をこめた最後の人ハンノをひとまずおいて、二度の出戻りをする娘トオニイは、またひどく読者の共感をそそるし、その生涯はそのまま比類のない女の一生の一篇となる。

つたない小説書きとして、この小説の見事なテクニックに瞠目する点は多々あるが、――たとえばずっとあとになって光彩を放ってくる数多くの伏線、子供のときトオニイが巻パンをめぐってのちのハーゲンシュトレームの長とのいさかい、など――なかんずく見事なのは、ハンノの死の一章である。

あれだけ愛情をこめて、彼の死を書きたいばかりに千枚余の枚数を費したあげくに、このはかない少年の夭折を、マンは、「チフスというものは、次のような徴候を呈するものである」にはじまる、ほとんど病理解剖学的な記述で筆をおさめる。冷徹さと計算の見事な極致といえよう。

　この作品は、最初一冊本くらいの家庭小説を目ざしたと著者がいっているように、構成上、一、二部あたりと三部あたりとは書きぶりがちがう。

　第一部は、一八三五年ころ、これは問答教示書にちょっと年代が出てくる。第二部は二年半たってのちの時代、一八三七、八年、第三部が一八四五年ころで、この部でトオニイはグリュンリヒと会い、トオニイの結婚で終るが、この章に至って、この作品はもはや普通の一冊本くらいではどうにもならぬことを作者は自覚したと思われる。

　なお、最後の第十一部は一八七八年で、マン自身は一八七五年に生れている。つまり彼は、自分の生れる前のおよそ四十年間近くをあつかったわけである。

　私はこの作品を、慣れているためいつも成瀬無極氏の訳でよむ。この訳は共同作業の匂いもあるが、直訳めいたところがマンの文体を伝えているようにも思う。古いものでは吉良良吉氏の訳があり、マンの短篇の名訳者実吉捷郎氏の戦後の訳もある。『ヴェニスに死す』をはじめ実吉氏の訳文は見事だが、この『ブッデンブロオクス』にかぎり、無理に平たくしたようなところがあり、私としては残念な気がする。

ヘミングウェイの自殺

彼の死が自殺であることは確かであるようだ。

人間は自殺をし得る生物である。そして、病気、あるいは病的な状態でなくとも、もちろん自殺を行なうことができる。この病的という言葉はずいぶん相対的な言いまわしであって、判然と異常、正常の間に一線を画することができないと同様であるが、ここではある時代の常識による概念くらいにしておきたい。

人間は病気と関わりなく自殺もするが、病的な状態のもとでは、より多く、自殺にひきこまれ易いのは当然である。

晩年のヘミングウェイには、肉体の病気があった。高血圧、糖尿病及び「ヘモクロマトースィス」と伝えられている。彼は信じていた自分の肉体、その唯一の存在に裏切られた。ゆえに彼は愛用の銃の上にかがみこみ、発砲した。

それならば、彼の精神状態はどうだったのか。「中央公論」昭和四十一年四月号に、彼の弟による思い出の手記が掲載されている。それによると、彼ははじめ「聖マリア病院」に入院中、十五回の電撃療法を受けたと記されている。発表は「高血圧」であったが、この療法はまったく矛盾している。むしろ高血圧の際には禁じられている療法だ。

「血圧は何とか抑えられるよ。が、ときどきひどく淋しくなるし……」とヘミングウェイは言っている。

退院後、血圧は下ったが「三月、兄はまた気分が沈みがちになった。……みんなで電話口に出て兄を元気づけようとした。が、兄の返事はよどみがちで、いかにもしゃべりづらそうであった」

ヘミングウェイは再度入院し、十回の電撃療法を受け、「しばらくは活潑さをとり戻し、沈みがちな感じもよほど減った」

六月末に退院を許され、それからまもなく悲劇がやってくる。

この手記によると、彼は精神病理学的には、あきらかに、鬱病、あるいは鬱状態にあったと考えてよいのではないか。

肉体だけの病気であった場合、その肉体がどれほどボロボロとなろうとも、むしろ彼は生きつづける人間ではないかと私は空想する。病院側が、高血圧があるにもかかわらず電撃療法を施行しているのは、肉体の症状よりも精神症状を重視したと考えられる。二二〇の最高血圧であっても、チクロパン・ソーダなどを使用すればこの治療は可能だし、無痙攣電撃というような方法もある。もちろん薬物だけによる治療が最近は行なわれるが、最後の手段としてこの治療を施行することは稀ではない。

　鬱病では、まったく希望がなくなり、自殺念慮が起るのが特徴である。循環気質と関連性があるから、ふだんエネルギーのかたまりのような人が逆にまったく口もきけないまでになる。新聞などに「精神衰弱により自殺」とあるのは九割がこの鬱病である。もともと素質があって周期的に発病する場合もあれば、原因によって起こる反応性のものもあり、特に初老期、老年期に多いのでそれぞれその名を冠した病名もあるくらいである。そして、病勢が強いときよりも、その回復期にしばしば自殺を実行してしまうことは、医者には周知の事実だ。

　しかし付言しておかねばならぬことは、以上はあくまで純粋に医学上の分類なのであって、他の同じ病名をもつ多くの個人同様、ヘミングウェイはあくまでヘミングウェイ個人の唯一の状態を病んでいたわけである。彼があきらかに鬱状態にあったという事実は指摘せねばならないが、「ヘミングウェイは鬱病のために自殺した」という表現を使うことは、それを無視することと同様に偏頗なものとなるであろう。

馬鹿について

勤勉は馬鹿の埋め合わせにはならない。

勤勉な馬鹿ほど、はた迷惑なものはない。

これは数年まえに亡くなったドイツの精神科医ガイヤー博士の「バカについて」という本に出てくる言葉である。

ある人はこれを読んで、にやりとし、ある人は首をかしげるかもしれない。クソまじめな人は、いやしくも精神科医たるものが、このように馬鹿を侮蔑するような文句を書くとは何事だと、憤慨するかもしれない。

私はここで、この格言めいた文句を解説しようとは思わない。ただ、博士の著書を読んで感じた雑感を記したい。

言葉というものは、同じ文句でも、それを言った人間によって差がある。また、一行だけ取りだした場合、誤解されることも屢々《しばしば》である。

博士の著書は、多方面な博識に裏づけられたユーモアと皮肉を散りばめた本であるが、愚者、馬鹿、白痴についての真当《まっとう》な学術書であることも確かである。そして、いくら人間の愚かさをからかい、本物の白痴を揶揄しているようであっても、その根本に、病者に対する真の愛情、本物のヒューマニズムが流れている。センチメンタルなエセ・ヒューマニズムではない。

私はある精神病院において、一人の医者が、一人の白痴にむかい、半ばからかうように軍隊調で「気をつけ！　まわれ右！」などとやっているのを見たことがある。もし善良な婦人団体などがこのさまを見学したら「気の毒な患者を動物あつかいにして」と、ただちに投書することであろう。しかし、私はその医者をよく知っている。彼ほど夜も寝ずに患者のために尽くしていた医者を私はそうそうは知らない。私も少しは人間というものを見てきたし、なかんずく極端な誇張された性癖を有する精神病者をも見てきた。そして、私こそ正しく善良であると信じ振舞っている人間が、真実はいかにそうでないかということも少しは知っている。

人間は大なり小なりすべて愚かであり、その故にこそ救われるのだ、とガイヤー博士も述べている。

私に言わせれば、自分の愚かさを、まるきり自覚しない人は、それだけでかなりのバカであり、自分を正義の士だとぞっこん信じている人は、それだけでかなりいかがわしい。もう一つ、西欧の学術書のなかには、本書にしろ、クレッチマーの『体型と性格』にしろ、実に多方面の知識、知恵の裏づけがあって、読んでいて楽しいことだ。日本の学術書は決して劣るものではないが、専門の事柄に閉ざされて無味乾燥なことが多い。どうも、日本にみなぎるバカまじめ精神に対し、私は首をかしげざるをえない。はっきり言って、バカまじめなのではなく、半分馬鹿なのではないか。

ガイヤー博士も言っている。

「馬鹿にはユーモアがない」

Ⅳ

晩年の父

大石田《おおいしだ》から東京へ帰ってきた父は、昭和二十三年から二十五年までの間、疎開する前と同じく夏を箱根強羅《ごうら》の山荘で過すのを習慣とした。母屋は人に貸してあったから、日中事変末期、地所の隅に小さく造らしておいた離れに、父は炊事係として私を伴って行き、ひと夏の大半を概して二人だけで生活したのである。当時、地方の学校にいて休暇に戻ってくる私には、そのほかあまり父の傍らに暮した体験がない。二間だけのその狭い家には、洒落た便利な器具こそ何一つなかったが、その反対のものは大抵のものが揃っていた。何段にも仕切られた棚、金網の破れかけた蠅帳《はいちょう》、便所わきの板間の隅などに、それこそ幾年も前の、極めてこまごまとした日用品の類いが保存され残されていた。母屋の道具類が置かれてあるせいもあったが、なによりも父は、そうした身辺のこまごました面に神経を使い、小刀ひとつ、コヨリ一本にいたるまで大事にし、愛着する性質だったからである。海苔の空鑵とか瓶詰の空びんまでが捨てられずに蔵《しま》われていて、マッチが入れてあれば「マッチ」と父の字で墨書した紙が貼られてあった。甕には数年前の米が残っており、やはり「二硫化炭素」と墨書された防虫薬が乗せられてある。薬品にしても、木箱の中に一通りのものが並んでいて、ただ、いずれもいつ頃のものか見当がつかぬほど古びていた。戦後の代田時代にカバンの隅から長崎時代のアスピリンが出てきたこともあるが、父にしてみれば格別おどろくに当らない事だったかも知れぬ。

父は、六畳の部屋に万年床をとり蚊帳を釣り放しにして、その傍に小机を置き、書きものをした。だが身体の衰えから、勉強も意のままにならぬ様子が明瞭に窺えるのであった。たびたび昼寝をし、些細な日常の用件に気をつかってばかりいた。訪問客の名を忘却しては一日気に病み、母屋を貸した男の素姓をあれこれと詮索し、山荘まで配達せずに依頼品を駅止にしてきた佃煮屋のことを激怒しては忽《たちま》ち注意のハガキを書いた。食後、茶をすすりながら沈黙しているかと思うと、だしぬけに、「お前は下駄でも地下足袋でもすぐダメにしてしまうが、どういう訳だろう」などと言いだすのである。

「お父さんは、いくら使ってもちゃあんと壊さないがね、一体どういう訳だろう」その口調には実にひたむきの響きがこめられていて、叱られる当人にしてみればこのくらい困惑することもないのである。

父は私に命じ、屋根にのぼらせて樋につまった松落葉を掃除させ、雨戸や家の外側に生じた黴《かび》を丹念に洗いおとさせた。強羅というところは湿気の多い土地で、なんでも黴びたり湿ったりしたものだが、そうしたことを父の性分としては放置しておけなかったのである。空鑵を見さえすればコールタールを塗りたがったが、赤銹《あかさび》のついてくるのを我慢できなかったに相違ない。夏がすすむにつれ茂り放題になってくる庭の雑草を、私を督励し、自らも精をこめて刈ったり手でつみとったりした。

強羅で過した最後の夏には、父の衰えが日に立つようになった。父は暑さに弱く、以前から箱根の地をいたく愛していたのだが、その夏は山中の気候や湿気が身体にこたえると洩らしていた。仕事もあまりせず、当時北鮮軍の捕虜になったディーン少将のことなどをしきりと気にしたり、硫黄泉のためインキンができるので訪ねてくる人ごとにその話をしたり、寝苦しいことを訴えたりした。「口中《こうちゅう》が苦《にが》あくなってな」と日になんべんも言った。口とか口の中とかいわず、口中と言うのだった。仕事をする代りに沢山のハガキを書き、健忘がひどくなり、日記をつけるたびに漢字を尋ねた。「昌子のマサはどう書いたかね」とも訊いたが、昌子というのは私の妹のことである。夜、私はしばしば父の肩や足をもんだ。そういうとき、父は独言のように言いだした。

「面白いな、風呂にはいったら脈が遅くなるんだよ。やはり落着くんだな」そして、何回か「心臓がこう落着いてね」と繰返した。ぴちゃぴちゃと舌を鳴らし、ときどき吐息をつき、なにか言いかけて口にでないことも多かった。言葉もいくらか吃りがちになることがあった。

父は生来蚤《のみ》に悩まされる性《たち》である。前の晩に蚤がいたとなると、甚だ唐突にこんな具合に言いだすこともあった。

「あれは、不思議なる皮膚だね」

「ヒフ？」

「いや、皮膚というのは変だな。まあ、鎧《よろい》だな」

この辺になって私はようやく会話の主題が蚤であることに気づくのである。

しばらくの沈黙ののち、父は、「たいした発明だよ、ほんというと」と独語した。私が、ＤＤＴのことを言っているのかなと考えていると、父は更にこう付けたした。「あの鎧はな」

私はそこで怺《こら》えきれず声にだして笑ってしまったが、父も当惑したように笑い、

「なにか可笑しいか」

「いや、その、ヨロイが大した発明だというから……」

「ウン、そう言われれば変だな。この頃はなに言ってるのかわからんからな。……人もいろいろ聞いてるだろうね」

「なにをですか」

「わしが言ってるなかで、へんなこと言うのをいろいろ聞いてるだろうね」

　また、幼少の頃のことを、自分の方から話しだす夜もあった。寝る間際、山中の小さな家に雨をふくんだ激しい風が吹きつけると、幼い時分、秋の金瓶《かなかめ》村で、そういう大風の吹いた朝、栗拾いに行ったことを憶いだすと言った。

「まだ少年の頃だよ。ゴオッとこんなふうに風が吹くと、ボタッ、ボタッと落ちるんだね。それを暗いうちに拾いに行ったもんだ。いくつ溜まったなんて溜めておいて、みんな虫に喰われてしまうんだが……」

　父は一瞬懐しげな声になり、そのまま口をつぐんだが、以前には私ら子供たちにそのような話をすることはまずなかったのである。

　昭和二十八年二月二十六日、私は東大の病理学教室に於て、三宅仁教授執刀の下に父の遺体が解剖に付せられるのを見た。

　父の屍はおどろくほど痩せ、肋弓や恥骨が判然と浮きでて見えた。医学部を卒業する間際であった私は、教授方の説明をきいて、父の身体がどのようになっていたかを半ば理解することができた。全身の動脈は硬化が甚しく「ばりばりしている」と形容できるほどであった。心臓はかなり肥大し、右肺には結節が集り鶏卵に近いくらいの硬化巣を形成していた。腎臓は萎縮しきって半分ほどにも小さく、髄質がずっと喰いこみ、皮質は狭まって細い線でしかなかった。そして寒天をかぶせたような灰白色の父の脳髄も、むしろ普通より小さくちぢこまっているように見受けられたのである。

山荘の父

父は活力にあふれたカンシャク持ちではあったが、同時に、こまごまとしたことに気を使う、ほとんど小心な、神経質なところがあった。晩年になればなるほど、それが著しかったようだ。

戦後、父は山形の疎開先から戻ってきて、昭和二十三年から二十五年の夏を、箱根の山荘で過ごした。山荘といっても母屋を人に貸していたから、裏庭の隅の、二間だけの離れに、主に私とふたりだけで過ごした。

借家人に対して、父は大層気を使った。戦争中そこを借りていた人が出て、無人であるはずの母屋に、来てみると人が住んでいた。仕方なく貸すことにしたのだが、その男の素姓が知れないといって、あれこれとひとりで悩んでいた。

父が窓から外を見ているのに、何気なく声をかけようとすると、

「しっ。いま、むこうに客が来ている」

などと言って、母屋をひそかにうかがっているようであった。ほとんど被害妄想をもつ病人にも似ていた。

　山路を登ってくる郵便屋さんなどに対する気の使いようも、大変なものであった。自分のところにはかなりの郵便物がくるので、申し訳ないという心境であろう。ときどき、なにがしかのチップを与えていた。余計な速達などくると、その差出人に立腹した。

ある時、私あてに電報がきたことがある。友人のレポートを書いてやったのを、電報で礼を言ってきたのである。時ならぬ電報に父は大いに心が騒いだらしく、それが「レポートツイタアリガトウ」というものであったから、炎の如く激怒した。丸二日間怒っていた。

　父はめっきり体力が衰えていたから、昔からいたく気苦労をした書をかくという作業が苦役のようであった。義理のある人から頼まれた色紙や短冊が随分と溜っていた。いざ思いたってそれを書くときには、こめかみに汗をかいて、あとで大きく吐息をした。

　そのくせ、歌を作るという郵便配達人に短冊を書いてやった。何回も頼んでようやく来てもらった水道屋には、なんと四、五枚も色紙を与えた。

「一枚もあげればいいですよ。それより、ほかの人に回さなくては」

と私が言うと、

「なに、いいんだ、いいんだ」

と、父は言った。

食物は質素なものであった。まだ物が豊富でない時代でもあったが、私が作るひどい菜に、父は結構満足していた。来る人来る人に、私のことを「これが炊事軍曹で……」と聊《いささ》か芸がなく紹介するので、私は閉口した。

田中隆尚《たかひさ》さんが克明に書かれているが、私もはっきり覚えている一つの挿話。田中さんが泊まった朝、持参の茹で卵を一つずつ私たちの前においた。すると父は、

「田中、これは寄付しろよ。なあ」

と言って、三つとも卵をしまってしまった。私が卵は腐るから早く食べるように言っても、どうしても出さない。夕食になってようやく出してきてみんなの前に配ったが、自分だけ食べてしまって、「まだ大丈夫だよ、君は食べなくていいだろう。蔵《しま》っておこう」と言い、私たちのをまた取りあげてしまった。翌日、卵は果してあやしかったが、父は「茹で卵が腐るとはいいことを覚えた」とか言いながら平気で食べてしまった。

しかし、それからあと、父はいやに卵について敏感になった。夜半、とうに寝ている父が唐紙越しにいきなり声をかけてきて、

「あの割れた卵は大丈夫かなあ。煮ておけばよかったなあ。あれは腐ってしまう」

などと舌打ちして言っているのを私は聞かされたわけである。

茂吉とその悪妻

これはこの世でもっとも悪い夫婦同士であり、人間一人ずつとりだせば、これはまたそれぞれなかなかに面白い。

父は一応大歌人なんて呼ばれ、やはり芸術家であるから、その妻たる者はもとより大変である。父のカンシャク、怒り方といったら、私はまだこんな男は見たこともない。それは凄まじいもので、その子供だって大変であった。

しかし、父は外づらはよく、他人には親切であったり気を使ったりしたから、父の崇拝者から見れば、神さまみたいなものである。けれども、内づら、家族やごく親しい弟子には容赦がなかった。

一方、母はお嬢さん育ちで、これまた我が強く、男まさりの点もあるから、こんな夫婦がうまくゆく訳がない。

父には従順な、気立ての優しい、こまごまと温かく世話をやいてくれる、昔気質の二号さんみたいな日本女性が向いていただろう。事実、彼は鷗外の小説に出て来る前述のような女性を、こんな妻を持てたらなあと、随筆に書いている。

だから、父の弟子たち、崇拝者から見れば、母は大変な悪妻として映る。また堂々たる悪妻で、そのため父はますます孤独で、老年に他の女と恋などもし、いよいよ立派な歌もできたのかもしれない。

文豪とか言われる男の妻は、むろん例外もあるが、たいていは悪妻と言われる。しかし、一人前の個性を持つ女性が物凄い強烈な自我、変てこな性格の文学者と暮らして、それに慎ましく仕えていられようか。

文豪の妻であるから悪妻になってしまうのか、悪妻を持つから文豪やソクラテスのようになれるのか、これはちょっと面白いテーマだ。

それは例外はいくらでもある。私も悪妻をもらい、これは文豪になるかと思っていたら、いつまでたっても三文文士だ。

私の母は、夫の葬式の時などは、堂々としてそれを立派にやってのけた。しかし、夫にはちっとも優しく仕えなかった。

これは、母が日本の女としては立派な個性をもっていたからである。私にとって子供、少年のころ、父はおっかなく、母は優しい存在であった。ある時期、二人は別居をしていて、たまに母のところへ行くのは素晴らしいことであった。それから精神的思春期に達し、父の歌を読み、それに感動すると、逆に父をいたく崇拝するようになった。それに慎ましく仕えなかった母は、なんたる女であることか、と思った。ところがそれほど崇拝した父のそばに、たとえば夏休み中を、箱根の山荘、母屋は貸していて、二間きりの離れに父と二人で暮らしていると、はじめのうちは光栄でわななくようなのだが、あとの半分はもう堪まらず一刻も早く逃げ出したくなるのである。だから、歌なんか判らぬ母が、仕えられないのは当り前である。

　こういう事情は、いかな身近な父の友人、弟子の方でも判らない。身近な人には父はカミナリを落としたが、家族の心境まではなかなか理解できない。

　悪妻の母は、父に仕えず、今は婆ちゃんとなって、父の印税を用い、海外旅行をして過ごしている。これはますます大悪妻と見えようが、私には母を許せるような気がする。母は女として相当の人物だ。もっとも、あまりに旅へ出るのは困るので、詩歌ブームで父の印税がかなりはいろうが、母はいよいよ頻繁にへんなところへ行き出し、北極旅行まで予定に組んでいるから、おそらくたちまちなくなってしまうだろう。私は母が好きだが、斎藤家の子孫のためには、早く死んでくれたらとも思っている。

茂吉と食物

父は一口で言って、食いしん坊であった。しかし、その内容は質素なもので、おそらく山形の片田舎で育った幼児環境から由来したものであろう。食物をかたじけなくもったいなく思う気持を常に抱いていたようだ。

あれだけ好物であったウナギにしても、上、中、下とあれば、中か下で満足していた。父はウナギを食べると、五分にして目の輝きがちがってくる、と言っていた。二倍勉強ができる。まさか五分にしてウナギの栄養が吸収されるわけもないから、これは独断的な信仰のようなものであろう。それだけ好きなウナギにしても、ふだんは中で満足していた。物資がふんだんにあった戦前の話である。

よく昼に、父は自分一人だけウナギをとって食べていた。子供に一緒にとってやることはしなかった。おそらく父には、自分には大切な仕事があって、自分のみ貴重なウナギを食べるべき、十分な義務と権利があるとでも思っていたのではないか。そのときの欲求不満のせいか、私も父に似てウナギが好きである。

戦争から戦後の食物の不自由な時代になると、父の食いしん坊ぶりは、非常に物惜しみをするようになり、ケチとも言えるようになってきた。ウナギの鑵詰をかなり持っていたが、疎開先へ苦労して持って行き、ちっとも食べず、また苦労して持ち帰った。箱根の山荘に夏、数個を持って行き、一つか二つを一夏に食べ、また残りは持ち帰った。その食べる時は、ウナギを包んである紙にしみた油までなめた。黄金の塊であるかのような貴重品扱いであった。

　山形では、はじめ郷里の金瓶村に疎開した。家が焼け、母や妹や、一時私までお世話になったことがあった。父は実妹の嫁入り先であるその家に、必要以上に気がねしていて、ご飯をあまりたくさん食べるな、としきりに注意した。私はといえば、松本高校の寮で雑炊ばかり食べてきたので、その白米の飯がなんともおいしくて困った。遠慮しないように言われても、父の注意があるので、三杯だけで我慢した。よく父の弟子などが訪れ、茶やときにはご飯を振舞われたが、父は気がねをして、絶対来るな、来る時は弁当持参ときびしく注意していたらしい。

　その後、山形県の大石田に疎開して、二藤部《にとべ》兵右衛門《ひょうえもん》氏の離れに生活するようになった。ここでは食物その他、戦後のその時期として最高のものであった。食いしん坊の父としては、もし早く東京に戻っていたら、何年か死期を早めたのではないかとも考えられる。

町の人々も父の食いしん坊をよく知っていて、いろいろとご馳走をしてくれた。あるとき、客の一人の前にある皿の内容を見、そちらの方が大きいから代えてくれと言った。皿が代えられると、またしげしげと内容を見、やはりさっきの方が大きいと駄々をこねて、再度皿を代えてもらったという話である。

ある夏休み、私も二藤部さんの離れにお世話になったことがある。一夜、ボタ餅が出た。山のように盛ってあった。学校の寮生活で飢えていた私は、いくらでも食べることができた。それで惜しみ惜しみゆっくり食べていると、父が、もう残せ、と言った。二藤部さんも、無理をなさらんで、とおっしゃった。私は本当は残念だったのだが、聊かみっともないので、わざと一つだけ残した。

父が東京に戻ってきた頃には物資がかなり出廻りかけていた。ただ、すこぶる高価であった。ハムを人から貰うと、父は、これはおれ用だ、と宣言し、他の家人の食べることを禁じた。孫と、猫にだけやった。

山形からワラビなど送られてきても、それは父専用になった。父の考えでは、送ってくれる人は父に食べてもらうため送ってくれるので、それを他の家人が食べては申訳ないという気持もあったようだ。

そこらの店で、チャシュウメンなどを自由に食べられる時代になっていた。ウナギは自由に手に入らなかったが、チャシュウメンは金さえあれば食べられた。父はチャシュウメンを一人で食べに出かけ、それで満足していたようだ。一度、私を連れて、新宿の汚ない店でチャシュウメンを食べ、店を出かかると、そこの水道から水が出ていて、父は入れ歯をはずしてそれで丁寧に洗った。道ゆく人がたまげたように眺めていた。

ある時、デパートの食料品売り場に父の供をして入った。ヒジキの袋が積まれていて、父は幾つも手にとって見比べはじめた。ヒジキ一つ買うにも随分慎重だな、と私は感嘆した。すると父は、散々選んだ末、別の一つをひょいと摑んで、それを店員に差しだした。

ともあれ、父は食物を大事にした。かたじけなくそれを食べた。いま、世の中ははなはだゼイタクになっているが、もし父が生きていたとしても、ウナ重の中をとって感謝し、満足していることと思われる。

茂吉断片

多量の仕事をした人の作品中でも、処女作が傑作であるとか、ときには一番よいということも屢々《しばしば》ある。しかし、おそらく年齢的な価値判断の差によるものだろうが、自分ではそれが嫌いになり、ゲーテのように『若きヴェルテルの悩み』をのちに一度も手にとらない、などということもあるようだ。

茂吉も『赤光』など初期の歌が、時が経ってみると自分では不満で、ずっと復刊をさせなかった。戦後、某書店から復元版が出たことがあるが、これはその店主に対する特殊な配慮によるものであろう。

『赤光』を讃める者に対して、それを自ら否定する言葉をよく吐いた。そういう言葉にしろ、聞いた人によってさまざまであろうが、ちょうど大学にはいった私とその友人にむかっては、次のように言った。

「むかしは線香一本立てて、それのともる間に歌を作ったりした。煙草はケツの穴から煙が出るほど喫った。煙草を喫っていた頃の歌はみなダメだ」

茂吉には屢々強引な論旨があり、自分の体験から私にも煙草を禁じたが、煙草と初期の歌を結びつけてそんな具合に言ったりした。

歌集ではむかし『赤光』『あらたま』と出し、次にずいぶんと年月をへだてて『寒雲』を出した。本来なら年代順に『つゆじも』を出すつもりだったが、「手帳に未完成で書きとどめたものなどが可なり多いので、それを整理しようといふと」時間がかかり、病院復興の時期にあってはどうにもならず、逆に新しい方の歌をまとめて昭和十五年に古今書院から『寒雲』を出した。

その後、戦争中歌集は出さずじまいだったが、その自筆、または他筆の草稿はちゃんと綴じられて題名も附されており（それが何時ごろ作られたものか私は知らない）戦後しばらくして、矢継早《やつぎばや》に岩波書店から本にした。これは岩波と関係ふかく信頼していたほかに、大京町の土地を買う際かなり同社から借金をし、そのためもあったろう。むかしはなかなか本を出したがらなかった由だが、他にも『童馬漫語《どうばまんご》』だの随筆集だのをかなりあちこちから復刊したりまとめたりしたのは、一つは戦後の経済事情のためと、一つは小さな出版社を助ける意味があったらしい。

『童牛《どうぎゅう》漫語』『童馬漫語』を再発行したのは当時羽ぶりのよかったS書店で、店主が大石田にきて宿屋でも多額のチップを置き、父にむかっても、

「岩波の印税率がそうですか。それなら私のところはいくらいくら出します」

という意を言った由で、これは金のためであるらしい。

私がたまたま父が疎開していた大石田に行ったとき、この『童牛漫語』の本が作られているうち、世のインフレにつれて予定定価が段々と上ってゆき、ついに七十円になったとのことで、父は、

「お前、七十円、七十円だぞ。そんな高くて一体本が売れるものだろうか」

と案じていたが、やがて、

「もっとも今、米の闇値は一升七十円だ。いくらなんだって米一升くらいの価値はある！」

と、だしぬけに憤然として舌打をした。

物凄く神経質なところと綿密な計画性と、反面、だらしないとまでいえる無頓着と気まとが同居していた。

色紙を書くにしても、汗をだらだらかき、晩年には手がぶるぶるふるえ、見ていて痛ましかった。

それほど苦労して書いた色紙を、晩年の夏、箱根の家の離れ屋で暮していたころ、当時は頼んでもなかなか来て貰えなかった水道屋などに何枚もくれてしまったりした。ぜひ書かねば義理の立たぬ知人へのものや頼まれものが沢山ある。そこで私が、

「一枚もあげればいいですよ。あとを誰さんと誰さんにまわせば……」

と言っても、

「なあに、いいんだ、いいんだ」

と、ぶっきら棒に言った。

そして、あとの色紙はほったらかしのままである。

山道を登ってくる郵便屋さんにも気を使って、よくチップを与えたりしていた。

西欧の学者が定年後も衰えず大きな仕事をすることや、彼らが足を使って散歩をすることをよく話してくれた。そして茂吉もよく散歩をしたし、晩年は山荘の庭のごく限られた直線路を何十度も往復した。タッタッタッと足早に歩くのである。

そんなふうに健康には気を使った父であるが、やはり限界があった。予想より早く老癈《ろうはい》の時期がきたのである。

父の癖など

私の少年時代の父についての思い出をいくらか記しておく。

癇癪もちやその雷の落ちる凄まじさは、兄などがすでに書いた。それも身内の者に対してより凄まじかった。ごくつまらないことで激怒するのである。

私が中学校一年の折、夏休みになってから水泳の講習があったが、中国との戦争が長期戦となり、翌年には大東亜戦争が始まった時代だから、すべて軍事色で、水泳も六尺フンドシを用いるのであった。私は居間で、女中か誰かにそれを頼んだ。するとたまたまそこにいた父が、なにかフンドシ様の布があるだろうから、それにしろと言った。女中が持ってきたそれは、確かにフンドシに使えるものであったが、六尺の長さはとてもなかった。しかも、私は先生が「六尺フンドシ」と強調したのが頭にこびりついていたため、これでは駄目だ、と言った。或いは少し駄々をこねる口調であったかも知れぬ。

すると、だしぬけに、父は烈火のごとく怒りだした。ちゃんとこれでフンドシになる。我儘《わがまま》をぬかすな！　というわけである。その怒りようは、膝のうえの拳《こぶし》がぶるぶる震えており、あまりの口調の激しさとその気魄のおっかなさに、私はつい泣きだしてしまったものだ。幼いころから父の雷の落ち様は身近で味わってきたのだから、少しは慣れてもよいはずだのに、中学生にもなって、やはり私は泣いてしまったのだ。いかに凄まじいものかがおわかりであろう。

青山の家は、台所の裏手に独立した風呂場があった。そこから台所まで、地面に板を敷いてわたれるようにしてあった。細い数メートルの長さの板きれである。

父は汗かきであったから、夏など入浴すると、汗がなかなかひっこまない。夏は箱根に行っていたから、おそらく春から初夏のころであろう。父は入浴後、フンドシ一つで素裸のまま、この渡り板のうえに腰をおろし、涼むというより、汗がひっこむのをじっと待っていた。禿頭には手拭いをのせていた。それも、三十分も、あるいはもっと長い時間をそうしているのである。

ときにはまだ日の昏《く》れきらないうちのこともあった。台所には人がいるし、隣りの病院の使用人もいくらも通る。そこで、そんなマンガじみてみっともない恰好で長いこと素裸でいるのだから、これをお嬢さん育ちの母などから見れば、いやでいやでたまらなかったことだろう。父は素朴な田舎者でかつ変人、母もその逆の変人だから、理解しあえというほうが無理だったといえる。

私は小学生のころ、自室はなくて、一つの押入れの上、下段を貰っていた。その下のほうへミカン箱につめた玩具やら子供本を入れ、その中へごく小さな卓袱台《ちゃぶだい》を置き、押入れの戸を閉め、懐中電灯をつけて、一人でゴソゴソやっていた。父もひそむのが好きであった。そこで、

押入にひそむこの子よ父われのわるきところのみ伝はりけらし

という父の歌は、私のことを言っているのである。

小学校の終りころ、私は玄関のわきを障子でしきって貰って、ようやく二畳の自室を持つことになった。坐り机も人並みになった。そこで勉強しているか、子供雑誌などを読んでいると、夜、ときにはかなりおそく、父が外出先から戻ってきて、玄関の呼鈴を押す。その玄関の戸のすぐわきが、私の小部屋の窓である。

父は、女中が戸をあけにゆくわずかの間も、おとなしく待っていず、その窓の曇り硝子の上に、指をのせ動かして、字を書く仕種をしていた。習字なのか、あるいは或る漢字を復習しているのか、おそらく前者なのであったろう。

その父の指の動きは、すぐこちら側で灯りをつけて机にむかっている私には、耳慣れた

ものとなった。

　あのおっかないお父さま（私はもっとも子供時代、パパと呼んでいた。それが中学の入試の口頭試問で戦時中のことゆえまずいだろうというわけで、小学校六年の頃から、こう呼べと直されていた）は、やはりずいぶんと勉強家だな、とさすがに私は半ば感心した。なぜって、玄関の戸があけられるまでのしばしの間にも、窓硝子の上で指先で習字の稽古なんかしている人間は、そうそうは世間におるまいと子供心にも思ったのである。

茂吉と光太郎

昭和二十年六月、家が罹災したあと、生れてはじめて家を離れて、信州の旧制松本高等学校の寮にもぐりこんだとき、たまたま茂吉の『寒雲』を持っていた。家が焼けてから世話になった親類の家から貰ってきたものである。それまで私は父の歌などまとめて読んだことはなかった。いや、文学書などはほとんど読まなかった。どの程度その歌がわかったか不明だが、「木芽」という連作をいいと思った。我ながら、案外の鑑賞眼を有していたらしい。

もろもろの木芽《このめ》ふきいづる山《やま》の上《うへ》にわれは来《きた》りぬ寝《い》ねむと思《も》ひて
夜をこめて曇《くもり》のしづむ山かひに木芽《このめ》はいまだととのはなくに
花の咲く馬酔木《あしび》のかげに吾《わ》が居《を》れば山の獣《けだもの》やすらふごとし

こよひあやしくも自《みづか》らの掌《たなぞこ》を見るみまかりゆきし父に似たりや

こうして、この連作は過去のイメージ、くれないの衣を着たマリア・マグダレナや、北平の城壁をくぐって駱駝の列が歩んでゆく情景や、シンガポールの日本墓地のことなどが出てきて、これを散文にしたならば、ひとつの夢幻的な心境小説になるとも思われるのである。

かくて私は茂吉の歌が好きになったので、『朝の螢』という初期の自選集を手に入れるようになった。当時十九歳という私の年齢から、当然、『赤光』のころの歌が好きだった。それも、かなり感傷的な歌にやはり心は惹かれた。

よにも弱き吾《われ》なれば忍ばざるべからず雨ふるよ若葉かへるで
水のべの花の小花《こはな》の散りどころ盲目《めしひ》になりて抱《いだ》かれて呉《く》れよ
猫の舌のうすらに紅《あか》き手《て》ざはりのこの悲しさを知りそめにけり
ものみなの饐《す》ゆるがごとき空恋ひて鳴かねばならぬ蟬《せみ》のこゑ聞《きこ》ゆ
けだものは食《たべ》もの恋ひて啼《な》き居《ゐ》たり何《なに》といふやさしさぞこれは
雪のなかに日の落つる見ゆほのぼのと懺悔《さんげ》の心《こころ》かなしかれども

ひんがしはあけぼのならむほそほそと口笛《くちぶえ》ふきて行く童子《どうじ》あり
しんしんと雪ふりし夜にその指《ゆび》のあな冷《つめ》たよと言ひて寄りしか

茂吉という人は、烈火のような衝動も有しているが、一人でじっとしていると、万物をいたく悲しく思う男である。例えば三十歳のときの歌を見ても、まるで二十歳の青年のように万物が強烈に悲しく、彼の目には映じたようである。晩年に至るまで、ゆえよしもない悲痛の念を抱いて彼は生きつづける。茂吉は晩年、大石田に住み、サンダワラを持っていささかの散策をした。一箇所にサンダワラを置き、その上に腰をおろして、じっと瞑目する。おそらくは歌を作っているのであろう。一時間、二時間、彼は頭をかかえこんで微動だもしない。その姿を、私は少し離れて、ひそかに観察していたものだ。

螢火《ほたるび》をひとつ見いでて目守《まも》りしがいざ帰りなむ老《おい》の臥処《ふしど》に
雪の面《おも》のみ見てゐたり悲しみを遣《や》らはむとしてわが出《い》で来《こ》しが
道のべに蓖麻《ひま》の花咲きたりしこと何か罪ふかき感じのごとく

こういうふうに沢山、歌を引用すると私は楽であるし、この稿料で花でも買って父の墓参りへ行こうと思う。もう二年も行っていないので。

さて、茂吉のあとにつづいて、私は高村光太郎の詩を愛唱した。はじめはやはり『智恵子抄』の中でも甘いものに惹かれた。次第に『道程』の力強いものが好きになり、殊に戦後、光太郎の詩が雑誌に載りだしたころは、その一篇のために一冊の雑誌を買ったりした。

「ブランデンブルグ」の底鳴りする
岩手の山におれは棲む。
山口山は雑木山。
雑木が一度にもみぢして
金茶白緑雌黄の黄、
夜明けの霜から夕もや青く澱むまで、
おれは三間四方の小屋にゐて
伐木丁丁の音をきく。

こうして今、その詩の一節を写していても、あの当時のふしぎなおののきがよみがえるのを感ずる。

彫刻家山に飢ゑる。
くらふもの山に余りあれど、
山に人体の饗宴なく
山に女体の美味が無い。
精神の蛋白飢餓。
造型の餓鬼。
また雪だ。

渇望は胸を衝く。
氷を嚙んで暗夜の空に訴へる。
雪女出ろ。
この彫刻家をとつて食へ。

こういう詩句を見ると、当時の私は涙が出そうにもなった。今だって、あやうく涙が出そうになる。（昔のは思春期のそれで、近ごろのは老人性感情失禁のそれである。）

私は大学にはいってから、詩のようなものを作っていたから（その前は恥ずかしいが一時短歌を作った。これを、はじめて尊敬するようになった父に送った。すると、赤鉛筆で○印が沢山ついた歌稿が送りかえされてきて、父の赤光時代の歌に似ている、という評も記されてあった。しかし、私のしばしの恍惚ののちに、父は大学の入試に差支えるからもう歌はやめろときびしい手紙をよこした）、あるとき、思いきって光太郎の山中の小屋へ詩稿を送ったことがある。むろん返事はなかった。それでも、私は自分の手紙が彼の雑炊をたくたきつけの一つにもなったであろうと、自分をなぐさめている。

私は、現在、父に送られた光太郎のハガキを二通持っている。一つは、光太郎の歌集に対する父の評の礼のようなものである。といって、光太郎の短歌は、はっきりいって大したものではなかった。やはり、それぞれの領分に於てむずかしいものである。

この二人は、お互に尊敬しあっていた。そして、戦争に対する態度も似たようなものであった。戦後の一時、茂吉などを戦犯にしようとする運動などあって、青年の私は物凄く立腹した。戦争中、戦争に反対し、あるいは沈黙を守った人物が立派だと戦後に言われたものだが、それはある一部に対する批判精神があったというだけのことで（その内容もとりどりである）、とりわけその人物が戦争協力者よりすべて上等だったというわけではない。冗談ではない。私は口惜しくて口惜しくて、そのくらいなら早く茂吉を戦犯に指定しろと憤ったものだ。

しかし、茂吉と光太郎との作品をよみ返してみると、戦争中の彼らの詩歌はあきらかに彼らの作品の中で劣悪なものであることを指摘できる。これはこの二人の罪である。しかし、一体自分の生れた国が犯されようとして、それにごく単純に立ち向おうとしたこの二人の人間が悪いとは私には思われない。この二人の頭脳は、もともとそうした価値判断から無縁のところにある。

V

阿川弘之文学紀行

阿川氏にとって懐しい故郷であり、作品にしばしば登場する広島市を訪れたのは、四月上旬のことであった。

『年年歳歳』以来、広島と原爆の題材を、氏はずっと追求してきている。『春の城』では、矢代先生、主人公耕二の父母、智恵子などの被爆体験として、その兇々《まがまが》しい原爆投下の惨状を、それぞれの視野から鮮明に描写している。また『魔の遺産』は、白血病の少年の死を描き、原爆後遺症の怖しさに真向から挑んだ力篇である。

七、八年まえ、私は広島に寄った際、原爆記念館を見学し、慰霊碑や原爆ドームを見た。廃墟である原爆ドームはその頃から傷みが激しく、そのままでは崩壊してしまうため、補強工事の計画が進んでおり、記念館の出口にも募金箱が置いてあったものだ。

現在では、その補強工事はすっかり済んでいるはずである。しかし、ふたたび見る原爆ドームは、以前と少しも変りなく見えた。おそらく巧妙な補強作業が行われたのだろう。

あたかも曇天で、ドームのくすんだ灰白色の部分もまたむきだしの傷んだ赤レンガの部分も、いっそう陰鬱に見え、むなしい感じがしきりとした。

前にきたときと同じように、スズメの声がしきりにする。記念館の凄絶な資料が一杯並べてある室の窓辺に、やはりクウクウと鳴くハトが数羽、集まっているのも同様であった。

このむなしさはどこからくるのか。スズメの声やハトの姿は一応平和の現れであり、ドームのすさんだ胸をつく姿や、記念館の資料と、あまりに対照的でありすぎるためなのかも知れぬ。

ドームの印象こそ変らなかったが、その周囲は前にきたときと、かなり変化しているようであった。

おぼろな記憶によると、このドームの裏手はうらぶれた感じの鉄条網で囲われ、その裏手の道もかなり悪かったように覚えている。いかにも、ほっておかれているといった印象であった。

しかし、現在は周囲はずっときれいに整っている。水色の、というより阿川氏の好きな軍艦色の新しい鉄柵が作られ、そこらの大地も各種の灌木が植えられている。灰色の石の慰霊の碑には、赤いカーネーションや松の小枝がささげられていた。

ドームの横手の鉄柵のすぐ前に、「被爆記念樹」というシュロの木が一本、ひょろりと立っている。「原爆の閃光を受けて焼けただれた赤の下がそのケロイドの部分です。しかしその後力強く生き続けています。」と説明がついているが、赤のバンドから下の幹は毛がまったくなく、緑色のコケが生え、いかにもひょろひょろした感じだ。そこより上の幹には一応の毛が生えている。

相生橋《あいおいばし》という石塔がぽつんと立っている川べりにきた。緑色の川水の上に、「ドーム・ボート」などという貸ボート屋があり、赤と藍《あい》と白の色鮮やかなボートが一ダースほどつながれている。

川べりには、柳が並んでいた。実に柔かなその美しい緑。向う岸の公園には桜の淡い花が満開であった。

一方、右手の近代的な橋上を、ひっきりなしに車や電車が走る。トラックの轟音。そしてふりむいてみると、ドームはあくまでも荒涼としていて、その下には瓦礫《がれき》が散らばり、周囲に芽ぶいている芝生の緑が、かえってドームの寂寥感を強めているようだ。

ドームを去って対岸の公園へ行った。

そこにある「原爆の子の像」。沢山のさまざまな色紙で作られた小さな千羽鶴が、内部にぎっしりと吊るされている。訪れた小学生や高校生たちの署名入りの白いハンカチや赤いリボンもくくられている。その像を、半ばヒッピー風の白人の青年が二人、じっと見つめていた。生真面目な表情をして。

宇品《うじな》の港。ここは瀬戸内海の島々や、四国などへ行く船の発着所だ。『春の城』の初めのほうに、戦争中出征する兵士たちがここから出発することや、耕二たちがこの付近で釣をする場面が出てくる。

その港の駅みたいな建物には広島港と記されていたが、入場券を買って桟橋に出てみると、ちょうど大ぜいの乗客たちが、いやに目立つ赤く塗られた鉄橋を通って、桟橋についている白い瀟洒な船に乗りこんでゆくところであった。松山までゆく水中翼船の由で、ぶーんというエンジンの音をひびかせている。

やがて、それが出発して、ごく簡単に消えていってしまうと、港は急にがらんとした。

海風が私の髪を乱した。海はやや波立ち、うねりを見せている。桟橋のはずれまでゆくと、ザブリと音がして、わずかに白い泡が立つ。向こうをクレーン船が過ぎる。汽笛の音。潮の香はほとんどしなかったが、さすがに久方ぶりに見る海は私には懐しかった。

元海軍軍人阿川氏ならば、なおさらの感慨に打たれたことだろう。氏は友人の作家の言によれば、たかが小さな連絡船に乗っても、やたらと甲板を歩きまわったり、かつての軍歌を歌いつづけたり、ときには「海軍マーチ」を歌っただけで涙を流すという。むろん、これは氏が軍国主義ということでなく、氏の作品を読めば、強い懐旧の情であり、それが氏の大人と子供を不思議にまぜあわせたような直情的な性格とからみあって（このことについてはのちに触れる）、落涙までされるのだ、ということがすぐわかるであろう。

私は別の側の岸壁を眺めた。その下にはかなりの岩が現れ、長い緑の藻がびっしりと付着している。そこに打ち寄せるさざ波の音に、私はまたしばらく耳を傾けた。

『春の城』の中にも、

「潮の満ち始めで、石垣に単調な調子で、たっぷ、ぴぷ、たっぷ、ぴぷ、と波の音がしている。」

という、いかにも海好きの作者らしい、こまやかで響きのいい文章がある。

白島九軒町《はくしまくけんちょう》にある、阿川氏の義理のお姉さまのお宅を訪れる。ここは氏が生れたところで、周囲の風物はずいぶんと変ってしまっているものの、むかしながらの京橋川もあり、「ぼくにとっては懐しい場所だから、まあそこらでも見てくれよ。義姉《あね》が魚料理くらい御馳走しますから」と、前にあるパーティでお会いしたとき言われたことがある。私は初めこそ、そんなことは、と辞退しておきながら、いざ広島へ行ったら、こちらから申し出て、たいへん美味な各種の魚を御馳走になってしまった。サヨリやコチの刺身が特においしかった。まあ食いしんぼうの阿川氏の文学紀行だから、広島の魚の味を記しておくのも後世のためになろう。

もとよりそのお宅は、阿川氏が生れた元の家ではなく、原爆で焼けたのちに建て直されたものだ。昔の氏の生家は、土手から一軒だけ盛り土をしてとびだして建てられたものだそうで、下の河原に直接降りられ、かつ川べりまで阿川宅の地所で、果樹園となっており、川にはまた門があり、船で潮干狩などの遊びに出たものだという。

阿川氏の少年時代には、周囲に人家も乏しく、少し離れて武家屋敷風の家がいくらかあるだけだったとのことだ。

従って、川に向って右手を通る山陽本線の列車の窓から、阿川家の白壁がよく望まれた。『年年歳歳』の中にも、主人公が復員してきて、汽車が瓦礫の原である広島にはいってゆくとき、

「家はどの辺ですか」

「待て、待て。もう少しして二つ目の鉄橋を渡る時左側に見えるんだ」

とある。

原爆にやられたのは、元の生家ではなかった。昭和十九年に、老いられた御両親だけとなって、女中手とてなく、小さな家に建てかえた。当時、阿川氏は戦地にいて、その家の

ことは知らないはずだ、と義姉《あね》上は言われた。

庭のはずれから、下方に砂まじりの岸と、その向うの川が見下ろせる。川の一帯のアシは枯れた色をしている。川向うには二葉山がそびえ、下半分はすっかり人家で埋まっている。

むかし阿川家の地所だったすぐ真下には、かつての果樹園のなごりの、数本のミカンの樹が残っているばかりだ。そこへ降りる階段もなくなっているので、公園になるというその岸辺へ、二軒ほど離れた横の道から降りていった。

左手には神田橋があり、そちらのほうへ歩いてゆくと、雨後の砂地は柔かく、靴がもぐった。ヤナギの樹がかなりあり、しかしどれも枝の先端が切られ、わずかにたれた枝の葉からヤナギと判別できた。桜もあちこちに花をつけ、水たまりに散った花弁が、なにかもの寂しく浮いている。

滑り台とブランコがあったが、まだ公園というほどの形は整わず、岸辺の水たまりで数名の子供たちが遊んでいるだけだ。

ふりかえると、山陽本線の鉄橋が見える。たしかにむかしは、阿川家はそこからよく望見できたことだろう。

義理の姉上というのは、阿川氏の今は亡くなられた兄上の妻である。彼女が嫁いできた

のは、阿川氏がまだ小学校にはいったころであった。氏はそのころから汽車好きで、鉄橋の上を通る汽車を、
「あれは何型だ、これは何という汽車だ」とか口にしていた由だ。義姉上が、
「なにか欲しいものを買ってあげる、何がいい？」
と問うと、汽車弁が欲しいと答え、おまけにどの汽車弁とまで指定したので、内心びっくりしたという。

阿川氏の乗物好きが子供時代からのものだと聞くのは、興味あることだ。後年の氏は汽車から車から船から飛行機まで、乗物といえばみんな夢中になる。『ぽんこつ・ぱとろうる』『ヨーロッパ特急』というような、乗物マニアでなければ書けぬ楽しい随筆集がある。

車の運転技術は抜群のもので、ただやたらとスピードを出すという悪癖の持主だ。私も氏の車に同乗して、うっかり、「お上手ですね」と言うと、氏はもっとうまいところを示すつもりか、ハンドルから両手を離してしまうのでヒヤヒヤしたことがあるし、遠藤周作氏はやはり彼の車に同乗したところ、箱根の坂道をやたらビュンビュンとばすので生きた心地がしなかったという。

阿川氏は明るいからりとした性格だが、半面、せっかちで怒りっぽいことにつけても世に名高い。花札や麻雀などの賭事をする作家仲間の間では、「瞬間湯わかし器」と渾名を

つけられている。負けてきたりすると、すぐカッとなって、頭から湯気を立ててムキになるからだそうだ。

またよい意味での日本帝国男子であり、ウーマン・リブの正反対で、以前、まだ地味な作家生活で苦労されたころ、奥さまに手をあげることも屢々《しばしば》だったと聞く。ところが、ふだんの氏はまことに温厚な紳士で、でっかい図体をしているくせに童顔であり、それが独特な表情でニコニコッとすると、なんとも優しい感じである。とても賢夫人をぶんなぐったりするとは信じられないほどだ。

義姉上によると、子供のころ、実の兄上と姉上がずっと年が離れていたので、一人っ子のように育てられた。とても人恋しい性格で、どんな客がきても、帰るというと嫌がった。年を召した叔母上が、

「こんな婆さんをひきとめてくれるのは弘之さんだけだ」

と、しみじみと言っていたそうである。

当時から、笑顔がかわいい、と大人たちは言った。その笑顔、童顔は今も残っているわけである。

しかし、義姉上は讃めてばかりいたわけではない。そういういわば一人っ子だから、或る点では我儘《わがまま》で、なによりせっかちで、なにかにつけはたを騒がしたそうだ。だが、せっ

かちということは、いろいろと気をきかすことにもつながる。

　しかし、以前、私の家へ遊びにこられたとき、飲物を何にするかと尋ねると、性急に、

「ジンある？　レモン！　水！　氷！」

と言い、自分からガシャガシャとけたたましい音を立ててジンフィーズのようなものを作って飲んでいるさまは、まさしくせっかちの権化とも思えた。そのことを話すと、

「弘之さんは不器用なのよ。自分じゃ真面目にやっても、ついガチャガチャと音を立てるようになりますのよ」

と、義姉上は言われた。

　不器用という言葉は、ある意味で私にも合点できたが、前述の高度の車運転技術のこともあるので問い返すと、

「あの人、運動神経ないんです」

　氏が大学二年のころ、当時満州におられた兄上のところに遊びにきてゴルフをやると、球はとんでもない方角へとんでいってしまい、みんな球をなくしてしまい、ゴルフをやめて茸狩りをして帰ってきたという話だ。

　もうおそらく十年ほど前、氏は軽井沢でゴルフを始め、その負けず嫌いと凝り性のため、一夏、猛練習をした。私はゴルフをやらぬから真相はわからないが、それからかなり経っ

て、あるパーティである作家に、

「いま文壇でいちばんゴルフが下手なのは誰ですか」

と聞くと、

「それはやはり、阿川さんでしょうね」

という返事が戻ってきたことがある。

しかし、水泳は上手だった。広島の学校では宮島まで遠泳をさせるが、五里の免状など持っているそうだ。

このように、スポーツならびに運動神経についても、すぐれたところとその逆のところが入りまじっており、氏の性格のごく優しいところからすぐカッとなるところとよく似ているようだ。

ちなみに、『春の城』の中で、主人公が陸軍の馬を借りて遠乗りをする箇所がある。その辺りの風物描写もすぐれているが、馬もかなり乗れるように書いてある。この小説はもちろんフィクションも用いてあろうが、作者自身の言葉で「かなり私小説的なもの」である。私は阿川氏と乗馬とがいかにも結びつかなかったので、尋ねてみると、

「本当に乗れたんだよ。ギャロップで駈けるのは実に爽快なものだ」

氏はホラふきではないから、まあこの言葉は信じなければなるまい。

それから賭事のこと、これは本当になんでも好きで、しかも強いらしい。義姉上によると、

「たとえば町を歩いていて、四つ角にくると、次に角から出てくるのは男か女か賭けよう」

と、すべてを賭の対象にするという。

また義姉上は、阿川氏と一緒にナポリから客船に乗ったことがある。船の中では航海中、いろんな娯楽があるが、ギャンブルも行なわれる。数字で文字を作る賭、また港に着くまでの時間の賭、これに氏はふしぎと当り、勝ってしまうのだそうだ。

「あの人は、カンはたしかにいいようです」

最後に重要なことを記しておこう。

氏は小学校時代から、作文がうまかった。済美《せいび》小学校の西本茂先生が、阿川弘之の綴り方があまりにうまいので、親に書いてもらったのではないかと疑い、ある日、学校で突然に書かせてみた。するとやはりすばらしい綴り方であった。

同じく小学生のとき、阿川少年は作文は県下随一ということで、F九（広島のNHK）から小学生に紀行文を書かせるという企画に選出され、名古屋へ旅行をした事実がある。

氏は志賀直哉氏に私淑し、きびしい文章を学んだ人で、はじめは私小説的な立場から出発をした。

しかし、阿川氏は、むかしの一部の私小説作家の、四畳半的趣味というか、文学のことしか知らぬ世間知らずではない。むしろ交友の幅も各界にひろく、またその卓抜な行動力から、たとえば山本元帥の墜落機を探しに旅をするとか、気軽にヨーロッパの汽車旅行に出かけるとか、見聞も国際的視野もひろく、自分の内部へ貯えていっている。

その意味で、氏は大人の近代作家である。そういう作家が、せっかちで、ときにオッチョコチョイであることは、われわれの微笑を誘う。氏のエンターテーメント風の軽い新聞小説などを読む読者は、その人柄がわかることだろう。氏の純文学は、現に連載中の長篇「暗い波濤」のように、時と共に巨大になってゆく。

文学紀行というのが、つい阿川弘之の人物像の裏話が多くなった。

三浦朱門文学紀行

三浦朱門氏は二十五歳の折、『冥府山水図』で文壇に登場した。当時、同人雑誌に小説を書きだしていた私は、その名短篇を読み、或る批評家が「芥川龍之介の再来」と評したのにうなずいた。芥川氏の晩年、痩せていかにも神経質で秀才型の、しかも鬼気迫るお写真がある。それで私は、なにかしら三浦氏という方は、鬼気は迫らぬかも知れないが、少なくとも痩せて秀才タイプの顔立ちであろうと、ずっと長く思いこんでいた。

ところが、のちにお会いしてみると、ぜんぜんその逆の、のどかでおおらかで、むしろ肥っていて、どこかボサーッとしたお顔をしている。秀才がいかにも秀才顔をしているのは嫌味なものだが、頭脳明敏がボサーッとしているのは、なんとも感じがいいものだ。

さて、阿川氏の文学紀行のときも、広島が作品当時と変っているので困ったが、三浦氏の場合はもっと困った。

氏の収録作品には、私小説的なものがごく少なく、ほとんど虚構の世界である。舞台にしても、『楡のある町』は、氏がアイオワ大学に三ヵ月ほど「創作教育」の実状を見にいった際の体験を、かなり実際に近く書いた部分もある由だが、アメリカまで旅をするのはちょっと困難である。『二つの家』に漠然と三浦半島の先端のヨット・ハーバーが出てくるが、これは氏の別荘のある付近、他に『偕老同穴』に御嶽山《みたけさん》に雪を見にゆく描写があるくらいで、他の作品はまったく場所も舞台も実在するものではない。

そこでまず、氏が長らく教壇に立っていた日本大学を見に行った。三浦氏にも同行して頂き、氏の人物像を確かめようと思ったのである。

この本には収録されていない最初の長篇『セルロイドの塔』は、昭和三十四年の作で、最初の学生運動の芽も書かれており、巧みに「象牙の塔」の崩壊過程を描いたこの作は、学生諸氏にぜひ一読をすすめたい。

この舞台はきっと日大であり、研究室の描写や、学校付近の描写はおそらくそのままなのではないかと私は考えていた。だが、ここにも巧妙なフィクションがほどこされていたのである。

車の中で、「セルロイドの塔」の大学の名が、明倫《めいりん》大学になっているので、「『二つの家』にも、明倫大学というのがでてきますね。これも日大ということなのですか」

と尋ねると、氏は平然と、

「いや、ぼくはメンド臭いから、大学というのはすべて明倫大学にしちゃうんです。女房の曽野綾子は、これまたすべて神田大学にしてます」

と、おっしゃった。

この会話一つから、氏が単なる秀才型より、もっと茫洋としてユーモラスな人物であることがわかるはずだ。といって、いい加減というのではなく、「大学の道は人倫を明らかにするにあり」というちゃんとした出典に由来して、明倫大学という名をこしらえている。

しかも、『セルロイドの塔』は、日大芸術学部と玉川学園大学と高千穂学園をまぜこぜにしてあるという。登場人物の教師たちにしても、どうも三浦氏の分身らしいのが見当らない。

「長い間教師をしていると、自分を出すと生徒に対してまずい。はっきりあれは絵空事とわかるような小説を書いちゃう。吉行さんのようなものはとても書けませんな」

ところが、その絵空事という各作品が、実にリアリティがあり、現実よりもっと重みを有していることは、読者も改めて痛感されるだろう。

日大は学園紛争によって、門から何からすっかり変っていた。氏は昭和四十四年、紛争がほぼ終りかけたころ、職をやめた。そして、現在の文芸学科の研究室は、新しく建てられたもので、しかしその部屋割りなどは三浦氏が担当した由である。

氏は構内を凄い早足で歩いた。私があとを追うのに難儀するくらいに。そして芸術学部の講師室という部屋にはいった。すると、中にいた男女がいずれもいかにも懐しげに口々に挨拶をした。かつての教え子で助手をしていた方や後輩の先生方である。ずいぶんと慕われているといった印象であった。

皆さんの話によると、やはりまことに立派な先生だったらしい。外国へ行くにも休暇を利用したり、卒論の審査が終ってからとか、こまかに気をつかい、休講もごく少なかった。あまつさえ勤続二十一年で表彰された。

ただ、昼食にてんや物をとると、必ず他人のとったものを食べたがり、「ぼくもそれをとりゃあよかった」と言う癖があったそうだ。

三浦氏の食いしんぼうぶりは私も知っている。かなり前、偶然香港で三浦御夫妻に会い、大御馳走をふるまわれたことがある。そのレストランへ行くタクシーの中で、氏は後部座席から中腰にのびあがり、手を運転手席にまでのばし、「ザット・コーナー、レフト」とか「ネクスト・コーナー、ライト！」とか大声でわめくのだった。飯を食べにゆくというより、ギャングを追う鬼刑事のごときハッスルぶりであった。

むかしの研究室はごく狭く（今はその三部屋の研究室をつぶして一つの教室となってい

る。その天井に近いところに、氏はカーテンを吊ろうとして墜落し、爪跡だか手型だかが残っていたそうだが、それも塗りつぶされてしまっていた）今のよりずっと人間臭さがあった。それでも新しい研究室の机やロッカーなどの備品はむかしのものも多く、氏は懐しそうにしていた。

氏の講義ぶりは、教場に髪をかきあげながらはいってきて、歩きながら話しだす。教壇の下を左右に行ったりきたりしつつ、ひっきりなしに髪をかきあげる。照れ屋なのである。そして時間も終りになると、ドアのところまでしゃべりながら近づいていって、「今日はこのくらい」とか言って、サッと消え去ったという。

ここでいちばん多く講義をしたという、もちろん夕刻のこととて、がらんとした教場を見た。氏はカンニング防止法などというおもしろい話をつづけたが、どこかしんみりした気配も感じとれるような気がした。やはり人けのない階段を足早に降りてゆく氏の後ろ姿、逆に近くから部活動のジャズバンドがけたたましく響いているのを聞いたとき、いっそうその感じは強まった。先生稼業は氏の作家業には大きな時間のロスであったが、やはり立派な教師として多大な愛着を抱いているのであろう。

建物を出たとき、一人の学生が近づいてきて、「三浦先生は今、どこでも教えておられないのですか」と尋ね、氏がうなずくと、

「ぼくは先生が希望の星でした」

と、ぽつんと言って去っていった。

私はつい、「ワァ、いいこと聞いちゃった！」と氏をからかったが、心の奥ではしんとなった。

『二つの家』には、大学の先生の主人公が、事業家の娘を妻にし、その妻のほうが生活上の主導権を握っていて、三浦半島の先端のマンションに住むところがでてくる。「妻の父親と彼の仲間がそこにヨット・ハーバーを作り、ヨットの所有者が利用するためのマンション」である。

このヨット・ハーバーは実在する。三浦氏の山荘がこの近くにあり、氏は年に三ヵ月ほどそこで仕事をされるそうで、おそらくそこでの見聞を利用したのだろう。

そこを訪れたときは、幸い晴天で、車窓から見る海もごく鮮やかであった。ただ私は体の具合がわるく、子供のころから初めて訪れる道中の三浦半島の緑こい丘陵や美しい海も、十分に楽しめなかった。三浦氏の多くの短篇は、人生のにがみを十分に感じさせるものが多く、或いはその影響もあったかも知れぬ。ただダイコン畑の白い花があちこちに見られ、それがいやに印象的であった。

小網代《こあじろ》湾の中ごろ、その裏手が油壺《あぶらつぼ》になっており、そこのレストランのテラスから、下の海と、その中央にのびているヨット・ハーバーと、向う岸の丘陵とが見渡せた。

作中の描写。

「タクシーでヨット・ハーバーに通ずる坂道をおりてくると、そこは日本ではないようだった。広い芝生と、カナリー・椰子その他、熱帯を連想させる植物を植えてあって、杉や灌木の生い茂った周囲の土地とは違って、異国人の基地のような感じがした。」

たしかに遠望するそれはモダンで、右手に十二、三階はあろう真白なマンションがそびえ、その前にグレーの色をしたマンションが建築中らしく窺われた。また対岸の丘の麓《ふもと》に並んでいる別荘も色とりどりの華やかさで、上のほうにはマンション風の白い建物も望まれた。

ただ季節でないので、小説に出てくる水上スキーはおろか、沖に出ているヨットはそのときは一隻も見当らなかった。

レストランのある崖から、鉄のパイプの手すりのある階段があり、砂浜に降りられる。きれいに塗られた観光用のボートが二十隻ほど浜にひきあげられてあり、ちょっとした桟橋に漁船が何隻かつながれていて、ちょうど一団の漁師たちが船に乗りこむところだった。観光客の姿もなく、黒ずんだ砂浜はがらんとしておりそこはむしろ沈んで見えた。ただ、広島の宇品《うじな》港に比べ、海は美しく、潮の香がかなり強く漂ってきた。ヨット・ハーバーへ行っても、人けは乏しかった。防波堤に囲まれているため、海はごく静かで、底のほうまで透きとおっている。数名の大学生か、まだ若い男たちが、クルーネックのしゃれたシャツなど着て、それぞれのヨットの手入れをしていた。ヨットの数はずいぶん多かった。作中に「池のように静かなハーバーには、二十隻以上ものヨットが並んでいる」とあるが、おそらく五、六十隻はあり、夏にはさぞ華やかな光景が展開されるのであろう。しかし今は、

「それでもかすかな波があって、シートをかぶせたヨットがゆれる。ヨットのゆれは目立たないが、黒い針のような二十本余のマストが、長さや船の大きさによって周期のちがう運動を繰返していた」

という夕景の描写の、どこか寂しげな感じのほうが強かった。

三浦氏の作品は夫婦間や友人間の機微をほろ苦く描くが、独特なユーモアもある。『二つの家』にも、女に手を出さずにいてバカにされ、「そりゃ、男にもいろいろあるさ」と主人公は呟き、次には見合の女性をねじ伏せようとすると、激しく抵抗され、ふたたび「男にもいろいろあるさ」と思う。のちに妻となった水上スキーをしている彼女が十分に

美しいので、他の男たちの視線が集まっているような嫉妬を覚え、「男たちを失望させるために」自分がモーターボートを運転しようと思うのである。

『楡のある町』にも、留学の日本人たちが「日本にひたるための秘儀」などの特有の心情などを浮彫りにしているが、つい笑ってしまうところも確かにある。

三浦氏はキリスト教徒であるし、マジメ人間ではあるが、その談話は実にユーモアに富んでいる。そのユーモアの種類は、優秀な頭脳からくる機知《エスプリ》の部類に属する。会っている間、氏はしきりと「ぼくは偽善者なので」という言葉を使った。本当の偽善者はその逆のことを言うものだ。これは氏が根が真摯で、かつ照れ屋のためだ。

といって、氏は若いころから、決して優等生タイプなかんずくガチ勉タイプではなく、むしろその逆であった。読書好きで、小学校のころから「新青年」という雑誌を読み、また漱石の『猫』を読むと、あわせて中学初年で『雄猫ムルの人生観』を読むなど、一般少年とは変ったところがあった。しかし、国語より、数学、物理がまだトクイだったという。

氏と高知高校からの友人である阪田寛夫《さかたひろお》氏にお聞きしたところ、学校ではずいぶんと授業をさぼったり、むしろ教師に睨まれていて、タバコを吸った（戦争中できびしかった）ために停学を食った。秀才ではあったが、「したたかな秀才」で、一部の学生が生意気だとやっつけようとすると、意外に腕力が強く、何人もで抑えつけようとしても、はねのけてしまった由だ。

駈けっこは早かったが、その走る姿がどうにもまとまらず、皆の失笑を買った。学校はさぼるのだが、何せ頭がいいので、氏の真似をして怠ける学生は落第してしまうのに、三浦氏は通ってしまう。英語はむろんできたが、当時からスペイン語までかじり、漢学の素養が深かった。

大学になって同人誌「新思潮」時代は、まあ一種のボスで、人に説教する癖があった。またかなりの数のガール・フレンドがおり、仲間に女性のくどき方をコーチするのだが、そのコーチ通りにすると他の者は失敗してしまう。曽野綾子嬢と結婚するまえ、突如、自ら「三浦朱門童貞説」を唱えだし、一同びっくりした。

これらのむかしのエピソードは、私には意外と思える点もあり、興味ぶかいが、私から見る現在の三浦氏は、阿川氏と同様、あくまでも大人である。否、作家というものは誰もが大なり小なり、変てこな性格を有するが、私の知るかぎり、氏ほどバランスのとれた人物は滅多にいまい。

氏は暖かな人生の教師である。若い方々に、氏の『愛からの出発』『一度だけを生きる愛』など、愛についてのエッセイ集をすすめたい。軽妙な筆の中に、多くの人生の知恵を得られるだろう。

阿川氏と三浦氏はずいぶんと資質の異なった作家だが、いくつかの共通点があることに気づいた。男らしい男性であること、外国体験の豊富なこと、車運転のうまいこと（三浦氏のは堅実運転）、人並み以上に食いしんぼうなこと、すばらしい奥さまをお持ちのこと。なにせ三浦氏は昨今、色紙に「妻をめとらば曽野綾子」と書き、曽野氏が「あとは野となれ山となれ」と書いたという話は新聞種にまでなった。

三浦氏は単に大人というより、どうも中国の大人という風格を内蔵している人物に思われる。

書き漏らしたエピソードを幾つか並べてみよう。

どうも氏を褒めすぎたようなので、強いて欠点を述べれば、字が下手なこと。ずっとむかし、同人雑誌「文藝首都」がつぶれそうになり、文壇の方々に色紙を書いて頂いて、資金にしようとしたことがあった。私は三浦氏御夫妻のところへ伺うと、氏は私なみの悪筆でたちまち、

「河馬は神経質な動物である」

なんて書きあげてノホホンとしているので、私は内心、この下手な字、この変な文句の色紙が果して売れるであろうか、と不安になったものである。しかし、色紙展の当日、私

が行ったときには、この色紙はすでに売約済みになっていた。

このごろの氏の文字は、下手なりに風格が出てきたようだが決して優雅とは言えない。英語の文字にしろ、日大の教え子たちが、「やはりうまいとはいえませんね」と言っていた。

そのむかしに色紙をお願いしに参上した際、当然玄関先で失礼するところを、ある心理学者を通じて一応知合いであったため、ウナ重までとって下さった。三浦氏はウナ重を平らげたあと、

「また腹がへった」

とか言って、自分一人、大ドンブリに一杯の生キャベツをとり寄せ、バリバリと平らげた。これにも私は内心仰天したものである。

阿川氏は中国にいたせいか、かなりの美食家で、あるとき高級シナ料理を御馳走になったことがあるが、私はそのとき熊の掌なんてものを初めて食べた。三浦一家も揃って食いしんぼうらしいが、そのときのキャベツの印象があるので、三浦氏は質よりも量といった感じが私には未だにとれない。人間ドックにはいったら、尿酸が多いので、医者が「もっと上等の肉を食べろ」と強調したことを、氏は独特の話術で語った。

三浦氏は高校時代、国語の時間に和歌を作らされた。たちまちパッと十五首を作りあげた。まだ時間が大いにあまるので、答案用紙の裏にも七首を書いた。これまた質より量作

戦である（もちろん謙虚で穏和な氏の反語だろうが）。そして裏にも歌があるのを教師にわからせようと、

「裏にも七首あり」

と表に付記しようとしたが、その自分の和歌を一首二首と呼ぶのはおこがましいと考え、

「七箇あり」と記した。

すると次の時間、教師が、

「高校何年にもなって、まだ和歌を一箇二箇と呼ぶ者がおる」

とか叱った。三浦氏はそのとき、

「ああ、この先生には文学がわからん」

と思った由である。いいエピソードだ。

夏目漱石文学紀行

今ではロープウェイやリフトによって観光客を集めている松山城の天守閣から望むと、松山市は前方に海、背後を高からぬ山に囲まれた、いかにも平和な平野の上の小都市として拡がっている。しかし、戦争中の空襲によってその大半を焼失し、再興された姿である。『坊っちゃん』の背景となった松山中学校に、漱石は明治二十八年に赴任し、ほぼ一年を教壇に立った。小説の中の坊っちゃんと違い、漱石は学士様で、実は校長よりも高い月給を得ていた。

この中学の建物は現在は残っていない。電電公社のビルの裏手に、「松山中学跡」の碑があるのみだが、この学校の後身は東高等学校となって別の地域にある。

『坊っちゃん』の新米教師は、汽船で松山に着き、「マッチ箱のような汽車」に乗る。ごろごろと五分ほども動けば、すぐ町へ着いてしまう。また住田《すみた》という温泉のある町に、やはり小さな汽車で頻々と湯にはいりにゆくことが描かれている。「何を見ても東京の足元にも及ばないが温泉だけは立派なものだ」というわけで、毎日のように、宿直の日もはいりにゆく。

この汽車は明治十八年ミュンヘンから輸入された玩具のようなもので、現在の松山には、クリーム色とレンガ色に塗りわけられた市電が走っており、この電車が道後温泉までゆく。神功《じんぐう》皇后のころからの伝説のある古いこの温泉は、漱石が松山にいた当時は、多くの温泉宿や遊郭があったようだ。現在はいわゆる観光ホテルや旅館が立ち並び、団体客がおし寄せている。私もそのホテルの一室に旅装をとき、いくらか味けない思いで、外を通る車の音や遊客のさざめきを聞いた。

もっとも、ここに着くまえ、車窓から二つの古びた建物を見た。一つは電車の終点である木造の道後駅で、もう一つはよく道後温泉の代表として写真で見た、いかにも往時をしのばせる堂々とした古めかしい建物である。さらに、近代的な建物のあいだに、格子戸に土塀といった古びた家もちらほらした。

女中さんに聞くと、そこは今も湯屋として営業しているというので、夕刻には間もあることだし、ブラブラと宿を出た。

すると広からぬ坂道を、ひっきりなしに客を乗せたタクシーがくる。大型のバスがくる。

危くてやりきれない。電柱の「音に名高き五色そうめん」などという広告はひなびていてよいが、次にはボウリング場の広告がある。

くだんの「道後温泉」の建物は、瓦屋根も苔むすふぜいだし、連子《れんじ》格子もくすんだ時代の色に沈んでいるし、「大正天皇皇太子殿下の砌《みぎり》　ご駐駕のところ　明治三十六年十月十六日」と立札のある小さな松が横手にあって、なかなか風格があるのだが、内部から流行歌のレコードなどが聞えてくるのは致し方のないことである。

正面玄関わきに、切符売場があって、大きな値段表によると、神の湯と霊《たま》の湯にわかれ、それがまた等級にわかれている。大人は神の湯階下四〇円、二階一二〇円、霊の湯二階一般二〇〇円、三階個室三〇〇円とある。

「これはいかめしいな。それになかなか高いな」

と私は呟き、「坊っちゃん」がいつも風呂は上等にはいったという記述を思いだして、ひとつおれも霊の湯にはいってやろうという気になった。

しかし、宿から出て、いきなり入浴するのも芸がない。そこで私はさしたる当てもなく古びた木造の駅前までゆき、そこのアーケード風に屋根のある商店街を覗いてまわった。「坊っちゃん団子」というのを売っている。これは三色の串団子で、べつに坊っちゃんの食べた団子とは関係ない。更に「漱石せんべい」というのがある。「坊っちゃんのぴしほ漬」という味噌漬がある。竹細工の「坊っちゃん列車」というのも並んでいる。しかし、そういうありふれた土産物屋の間にまじって、明治十五年創業という古めかしいかまえの煎餅屋があったり、内湯と記してあるいかにも昔の湯治場を思わせる宿がはさまっていたりする。すべてがそそくさとした新しさの中に消えてゆく中に、なにかつつましい感じである。

更に、もぐさをよく売っていた。名産の「湯ざらしもぐさ」というもので、普通のもぐさのように熱くならないそうだ。もぐさに火をつける太い線香も売っている。やはり昔から湯治客の中には神経痛などの病気も多く、こういうものも名物になっているのであろうか。

まだ日は明るいので、道後温泉の裏手の坂道を勝手にさ迷った。そうした道には、割合に古風な旅館が多かった。内部は改装したりしているのが多いが、旅籠屋風の「内湯○○」というのがよく目につく。そして、宿の前に立っているおばさん風の女中が、

「お泊りじゃあないの」

「宿をおさがしかね」

と、しきりに訊く。

駅前に客引きが出ているのはありふれているが、こんなふうに自分の宿の前でしきりと

客をさがすところを見ると、新しい観光旅館に客を奪われているのかもしれない。

出鱈目に坂をあがると、「湯の大地蔵尊」というところへ出た。付近にいくらかの墓があり、極彩の本尊を祭った建物のわきに、赤い腹がけをした女地蔵と男地蔵があった。前者の腹がけには「タツ年女五十三才」と墨書してある。地蔵信仰の一つに、ある異性と結ばれようとするときとか、逆に切れようとしたりするときとか、要するに男女の願《がん》かけがあるが、一見カラリとした『坊っちゃん』とは別種の世界の感じがしようが、実は漱石の世界は『吾輩は猫である』にせよ、『坊っちゃん』にせよ、黒ずんで陰鬱な部分から、あのような闊達なユーモアが生れてきたのである。上方を見ると、むこうの小山に茂った松が、ようやくかげりを帯びてきた空に色濃く浮きだしている。

初めの目的の「道後温泉」に戻った。霊の湯の二階一般二〇〇円という切符を買った。浴衣がけの客もいるが、洋服姿の客も少なくはない。

廊下の絨毯が三色に染めわけられている。霊の湯へゆくのは、赤い奴をたどってゆくらしい。階段を上ったり、横手へ進んだりして、初めての者には簡単ではない。

ようやく着がえをする畳敷きの広間を見つけたが、漱石の間というのがあるというので、なお黒光りのする階段を三階まで登る。くすんだ四畳半の部屋が並んでいる。やはり、昔はこの家も温泉兼宿屋であったのだろう。その一番外れの一室が、漱石の間なのであった。

しかし、「則天去私」の掛軸、遺影、松岡譲《ゆずる》の色紙のほかは、がらんとして殺風景だ。といって、この「道後温泉」はべつに漱石が常々やってきた湯ではないらしい。表に飾られた写真の説明文によると、子規が明治二十八年十月に漱石と共に来湯した、とあるが、どのくらい正確なものか私にはわからない。漱石が松山にいた間、果してこの建物の湯にきたものかどうかもわからない。おそらく漱石が常々きたことが判明しておれば、もっと大々的にその旨を宣伝するであろうから、たまたま昔あった大きな温泉宿がこれ一つ残ったため、強いて漱石と結びつけているような気もする。しかし、正確なことは私にはわからない。

畳の上に、浴衣を入れた籠がある。貴重品はあずけろというので、その旨を言うと、木の引出しを持ってきた。ひきかえに金属の輪を腕首にはめる。

大きな黒い石造りの湯槽の湯は透明であった。『坊っちゃん』の中の「赤手拭」というのは、彼の大きな西洋手拭が「湯に染まった上へ、赤い縞が流れ出したのでちょっと見ると紅色に見える」からなのだが、この「湯に染まる」という表現から、私は硫黄泉のたぐいかと想像したこともあった。しかし、ここの湯には色はついていない。

脱衣場の広間に戻ってくると、女が茶を持ってくる。他の湯あがりの客はゆっくりと涼んでいる。小説の中に、「温泉は三階の新築で上等は浴衣をかして、流しをつけて八銭で済む。その上に女が天目《てんもく》へ茶を載せて出す。おれはいつでも上等へ這入った。すると四十円の月給で毎日上等へ這入るのは贅沢だと言い出した。」とあるが、たしかにそれに似た気分は味わえる。おまけに、ここでは八十円払うと抹茶を立ててくれる。菓子として坊っちゃん団子が出る。私はふだんは食べぬその甘い団子をほおばり、抹茶をのみ、坊っちゃんよりも贅沢をしたな、と思った。

——翌日、古風な駅から市電に乗り、伊予鉄道の松山駅へ行き、その郊外電車くらいの鉄道に乗り、およそ二十分ほどで終点の高浜に着く。坊っちゃんが赤シャツたちと釣りに出かけるところに出てくる「ターナー島」を見ようと思ったのである。

この四十島と呼ばれる岩ばかりの島は、写真で形だけは見知っていた。どこかこの付近にあるらしいから、海岸をぶらつけば見つかるだろうと思っていた。土地の人に漱石の「ターナー島」などと言っても首をふるばかりだったが。

駅前に高浜新港行きのバスが止っていて、すぐ発車するらしい。港といえば海のことであろう。電車から降りた人が皆これに乗りこむので、私もついバスに乗りこんだ。

バスは通りを曲ったと思ったら、もう海岸通りに出る。晴れた陽光をあびて、駘蕩《たいとう》とした海がひろがっている。と思ううち、たちまち、むこうにのびた岬の先に、写真で見覚えのあるターナー島らしきものが、すぐさま視野にとびこんできた。

しまった、と思った。バスはどんどん先へ走ってゆく。しかし、幸いなことに、行先の新港までほんのわずかな距離であった。むしろ、海風に吹かれて引返すのが恰好の散策になる距離であった。

小さな漁船が幾つかもやっている。岩壁の上を何匹かのフナムシが走る。前方の海上を白い連絡船が汽笛を鳴らしてはいってくる。潮の香はあまりしない。

四十島のよく見える防波堤の上を辿って、そこに腰を下ろした。眼下の海はあまり綺麗でなく、ゴミや藻が浮いている。しかし、いくらか先のほうからは、海はやはり青くのびやかに拡がっている。

四十島は白茶けた岩ばかりでできている。陽光をあびて、いっそう白っぽく見え、わずかな松がその上を彩っている。

小説の中で、赤シャツが言う。

「あの松を見給え、幹が真直で、上が傘の様に開いてターナーの画にありそうだね。」

野だが心得顔にこたえる。

「全くターナーですね。どうもあの曲り具合ったらありませんね。ターナーそっくりですよ。」

ターナーとは十九世紀の有名な英国の画家だが、わが国ではあまり人口に膾炙《かいしゃ》していない。ロンドンで漱石はその作品に親しんだのであろう。

ターナーの絵については、江藤淳氏に「ロンドン・漱石・ターナー」という一文があり、その見事な解説を一部ここに引用させて頂く。

「私は、三百点はあろうかと思われる作品を片端から見て歩くうちに、いつの間にかその変貌の過程に吸いこまれてわれを忘れて行った。ターナーの変貌とは、『光』を追ううちに彼のカンヴァスが蒙《こうむ》った不思議な変容のことである。画家は『光』を追い、それとともに外界は次第に解体して明かるい波のようなものに変って行く。船を好んだターナーは、それをしばしば高貴な鳥のように描いているが、その船さえもついには小さな暗い『影』に収斂し、形を失った世界に呑みこまれて行く。私は、そういう晩年の作品を前にして、ある悲哀とアイロニイに隈取られた昂揚にとらわれるのを感じた。つまりそれは、審美的な体験の枠をこえて直接『これが人生だ』と語りかけてくる画家の肉声を聴いているような、しかもその『人生』の背後に横たわる深い虚無への彼の視線までもがはっきり感じられるような、そういう垂直に心に滲み透る感動なのである」

『坊っちゃん』にしろ『吾輩は猫である』にしろ、極めてユーモアに富んだ、洒脱で磊落《らいらく》な作品である。これらの作品がないとしたら、いくら後期の名作があるにせよ、漱石の名がこれほど万人に親しまれ、万人に読まれているかどうか疑問である。

　しかし、これらは決して漱石の明るい部分から生れてきたものではない。あるいは軽い気持で書いたかもしれないが、漱石という人間にどす黒い影の部分が多かったゆえにこそ、これらのユーモラスな作品が生れた、それによって漱石はバランスを保ったと解したほうが当っているのではあるまいか。

　漱石は古くから漢学を修めた。ついで英文学を一所懸命に勉強した。そしてロンドン留学の際にもかたくなな自信と決意があった。それが崩壊したことから、もともと閉蔵されていた彼のいわゆる「神経衰弱」が悪化する。

　この神経衰弱にもいろいろな説があるが、医学者から文学者からそれぞれの立場で解明を試みている。千《ち》谷《たに》七郎《しちろう》氏の『漱石の病跡』では、鬱病説をとっている。確かに現代の医学では神経衰弱よりこの病名が当っている。といって、どんな人間にも各種の気質が入りまじり、奥ぶかい人間、偉大な人間ほどその発露も大きい。ロンドン滞在中、漱石は日本人仲間とあまりつきあわず、ために発狂説が流れたりしたが、化学者の池田菊苗《きくなえ》とは親交をまじえている。本当の鬱状態のとき、相手が誰であれ、口をきくのも億劫になってしまうのが常であり、むしろ漱石は循環性気質というより分裂性気質が強かったのではないか。人に探偵されるという被害的な観念を抱いた時期があるが、これは易感性関係妄想に近い状態といってよいかも知れない。「思い出す事など」の中に、「余は当時十分と続けて人と話をする煩《わずら》わしさを感じた」というくだりは、いかにも鬱状態を表現している。しかし、そのあとに出てくる「余は黙って此《この》空を見詰めるのを日課の様にした。何事もない、又何物もない此大空は、其《その》静かな影を傾むけて悉《ことごと》く余の心に映じた。そうして余の心にも何事もなかった、又何物もなかった。透明な二つのものがぴたりと合った」という箇所などは、私の感じとしては、一般の鬱病者よりも分裂気質の持主をより多く覚えさせる。同時に、『漱石の思い出』などによる漱石の日常、その一途《いちず》さ、その癇癪持ちなどの点は、神経質と共に癲癇《てんかん》気質もかなり含まれているのではないかと想像される。

しかし、こういう術語によってのみ、一人の人間を説明しようとするのは味気なくつまらないことだ。要するに漱石は、人間につきまとう孤独、人生というものの苦悩と無情をより多く感得し、閉蔵できた人間といっておいたほうがわかり易いであろう。

漱石は漢学と英文学の研鑽により、文学というものは、という漠とした観念を抱いていた。それは当時主流であった自然主義の文学観とはおのずから異なるものであった。彼は以前からいくらかの文章を書き、帰国後は俳人としても名を出していたが、一躍その名を高からしめたのは、言うまでもなく『吾輩は猫である』による。

これはいわば小説家としては素人として、無手勝流に、まったく気晴らし、あるいは彼の暗い部分からの逆照明として書きだされたものといってよい。その第一回が好評だったので続きを書いていったもので、そのため初めの部分と後半では会話の行変えからずいぶんと差異がある。スターンの『トリストラム・シャンデー』に影響されたこともいくらかはあろうが、そのほか英国では居酒屋に人が集まっていろいろと長話をする。様々のパブリック・バーが沢山あり、気のあった連中が閑談をしたり、奇抜な噂話をする伝統がある。そのため二流、三流ものを含めて「○○亭綺談」というたぐいの小説本が沢山ある。『猫』の世界はこの一つの変型といってよい。

『坊っちゃん』はもっといわゆる小説の形をなしているが、それを書く姿勢は『猫』と似たようなものであったろう。双方とも、非常にのびのびと、愉しんで書いているような文章である。気がまえして名文を作るということを意図していない。ルナールが「話すように文章を作る」という意を書いているが、『坊っちゃん』の中にも「議論じゃ叶《かな》わないと思って、だまってた」とか「これで当人は私も江戸っ子でげすなどと云ってる」など伝法といえるような口調が多い。しかし、ここで注意すべきことは、その文章のリズム感である。すらすらと読めて、一種爽快な感に読者はひきこまれる。

しかし漱石は、いつまでも素人的に野放図に書いているわけにはいかなかった。そして、これが小説というものを書いてやろう、と身がまえして彼が筆をとったとき、ついついの文章は絢爛とした美文となった。『草枕』がそれであり、なかんずく職業作家としての最初の新聞小説『虞美人草《ぐびじんそう》』は一層けばけばしい。

「山路《やまみち》を登りながら、こう考えた。

智に働けば角《かど》が立つ。情《じょう》に棹《さお》させば流される。意地を通せば窮屈だ。とかくに人の世は住みにくい。」

誰でもそらんじている『草枕』の冒頭の部分である。むかし、中学二年のころ、まったく非文学少年であった私は、たまたまこれを読み、なんという名文だろうと感じいったものだ。

しかし、一面、作られた美文というものはイヤ味とすれすれのものでもある。ここで先ほどのリズム感をいうならば、この文は七五調になっている。それでいっそう口ずさみ易い。ただ「とかく」でなく「とかくに」としているところが、漱石のリズム感覚がそんじよそこらにある安っぽいものでなかったことの証《あかし》となろう。

「着想を紙に落さぬとも璆鏘《きゅうそう》の音は胸裏《きょうり》に起る。丹青《たんせい》は画架《がか》に向《むか》って塗抹《とまつ》せんでも五《ご》彩《さい》の絢爛《けんらん》は自《おのず》から心眼《しんがん》に映《うつ》る。只《ただ》おのが住む世を、かく観《かん》じ得て、霊台方寸《れいだいほうすん》のカメラに澆季《ぎょうき》溷濁《こんだく》の俗界を清くうららかに収め得れば足る。」

今の世の若い読者はかなり辞書を引かねば読めないのではあるまいか。非人情を、その芸術観を説くとき、その漢学の素養と相まって、勢い漱石の筆は美々しい文章を織りだした。『坊っちゃん』などで示した歯切れのよい口調は『草枕』でも残されているが、そういう部分とおのずから遊離している。K・ジェロームのユーモア小説『ボートの三人男』の自然描写のくだりが、妙に固苦しい美文となっているのを、今こうして書いていて、たまたま思いだした。ともあれ読者は、漱石の持って生れたリズム感、語感というものを念頭において、この美文をも味わって欲しい。

さて、私が『草枕』の舞台となった小天《おあま》温泉を訪れようとして、熊本空港に降りたったのは、五月も半ば過ぎであった。

タクシーの運転手さんが話好きで、しかも郷土の歴史に中々くわしい。東京の運転手はブスッとして口もきかないのが多いが、地方にくると、タクシー一つにしても気が安まる。

私は運転手さんに、峠の茶屋のこと、いわゆる草枕の宿へ行く道などを尋ねた。

「あそこは道がわるいですよ。草枕の宿へ行くのは河内《かわち》温泉のほうを通りますがね。峠の茶屋に行くには、山を通って河内芳野《よしの》へ行くといえばいいんです。でも、観光の方はみんな阿蘇へ行かれますよ」

「ちょっと漱石に興味があるんで、そういう客はあまりいないかねえ」

と、私は弁解じみて言った。

「はあ、珍しいですなあ。私は七年前に漱石の跡を尋ねる客というのを乗せたことがあるが、それ以来、漱石でそんなところに行ったのはないですなあ。熊本市内の漱石の家は別としてね。峠の茶屋なんかへ行く客はまずないです」

私は少し不安になって、明日、あなたが行ってくれないかと頼んでみた。そういうふうに特に著名な名所でもないとならば、ぜんぜん場所も知らぬ運転手に当ってはかなわぬと思ったからである。彼は、もし自分に明日の予約がなければ、山道用に新車を持ってきて行きましょうと言ってくれた。なんだか予想していたより厄介な道中らしいな、と私は思い、明日の何時までにホテルに連絡してくれるようにくどく頼みこんだ。

するとその夜、その運転手さんがわざわざホテルまできて、やはり先約があって自分は行かれないと告げた。親切な人であった。しかし、彼の言うことは少しオーバーであることがのちにわかった。

翌日、別のタクシーに乗り、峠の茶屋を目ざした。市を出外れると、間もなく道は山道にかかる。砂利をまじえた車がすれ違えるほどの道で、とりたててひどい悪路ではない。わざわざ新車を持ってこねばならぬような勾配はむろんない。周囲は雑木や竹が並び、特別の景観もない。しかし、車はかなりの速度でとばすため、振動が激しく、私は二度ほど頭をぶっつけた。

二十分ほどで、あっけなく峠の茶屋に着いてしまった。もちろんこれは漱石が山越えの途中に立寄った茶屋ではないことは、私も知っていた。

「これが今、一応、峠の茶屋といっています」

と、運転手さんもそう言って、なんの奇もない店を指さした。

藁ぶきの屋根こそ古びてはいるが、その屋根を除いては、ありふれた田舎の雑貨屋といったところである。店先にはジュース類を冷やす箱がおいてあり、横手のほうにごく粗末な腰掛けがある。

この西酒店と看板にある店は、昔の店は五十年前にでき、県道路改修により、昭和四年にこの箇所に移転した、と説明されている。漱石の立寄った茶屋がとうに無くなっているため、場所もずっと異なったこの店が、まあ「峠の茶屋」と呼ばれているのであろう。

そういうことはわかっていても、やはり私は失望した。

「『おい』と声を掛けたが返事がない。

軒下から奥を覗《のぞ》くと煤《すす》けた障子が立て切ってある。向う側は見えない。五六足の草鞋《わらじ》が淋しそうに庇《ひさし》から吊《つる》されて、屈托気《くったくげ》にふらりふらりと揺れる。下に駄菓子の箱が三つ

> 許《ばかり》並んで、そばに五厘《りん》銭と文久《ぶんきゅう》銭が散らばっている。
>
> 『おい』と又声をかける。土間の隅に片寄せてある臼《うす》の上に、ふくれていた鶏《にわとり》が、驚ろいて眼をさます。（中略）
>
> 返事がないから、無断でずっと這入《はい》って、床几《しょうぎ》の上へ腰を卸《おろ》した。鶏は羽搏《はばた》きをして臼から飛び下りる。」

というかの有名な峠の茶屋の箇所の記憶があまりに鮮明であったためであろう。いくらぜんぜん別の店であり、時代もへだたっていることはわかっていても、なにかしらあのイメージを内心で期待しすぎていたためかも知れない。むこうの道の分岐点に、「河内《かわち》温泉センター　一日遊んで二〇〇円」という大看板があり、周囲を見まわしても情緒とてなく、わずかに店から道をへだてた一軒のこれも藁ぶきの、下方の瓦からは草が生えたりしているボロ屋がいちばん昔をしのばせるくらいである。

本当の昔の峠の茶屋は野田というところにあり、そこに碑があると聞いていた。碑というものは見ても少しもおもしろくないものだが、これはそこまで行ってみるより仕方ないな、と憮然としながら私は思った。

ここへ来るまえの気持では、場所はへだたっているとはいえ、漱石の辿った道すじにあるのだから、ここらでぶらぶらとしばらく山道を歩いてみようと考えていたのである。しかし、だいたいが山道という感じがしない。

漱石が熊本の五高に勤めていた明治三十年の暮に、彼は山越えをして小天温泉（那古《なこ》井《い》）へ行ったのだ。この道程はおよそ十五キロということである。当時、鎌研《かまとぎ》坂という峠の上にも茶屋があったそうだが、これはまだ道程の始まりであり、更に進んだ野出《のいで》峠の茶屋が「峠の茶屋」のモデルになった。

その野出の場所は運転手さんもよく知らないらしい。店から道路をへだてた箇所に大きなブリキ板の地図があり、野出記念碑の位置、更に漱石の通った道という略図がある。なるほどここからはずいぶんへだたっている。

私はなお憮然としながら、一本のジュースを買った。百円を出すと釣銭がいやに多いように思えた。普通、都会で自動販売器で買うと五十円、映画館などではもっと高い。この店では三十円で、この値段だけが峠の茶屋をしのばせた。

ここから道は狭くなる。一台の車がやっとの道幅が多いが、しかし、左手の展望が次第にひらけてきた。谷間をへだてた向うの山陵はなだらかで、緑は鮮やかで、うらうらとした五月晴である。右手の山には竹林もしばしば目につく。

ちょっとした部落があり、小学校の先、更にガソリンスタンドを過ぎたところに、右手に登る坂があり、そこに碑への標示が立っていた。

山の斜面に、ちょっとした芝生の生えた平地があり、そこに記念碑がある。楕円状の石碑で、「草枕　峠の茶屋跡　1966」と三行に横に彫られている。つまり近年の碑で、裏面には発起人四名の名が刻まれている。そばの細い坂道には、「此《ここ》より春神社を経て一の丘頂上に至る約二キロ」という道標がある。

ここにきて、私の心はようやく和《なご》んだ。いかにものびやかな眺望である。見下ろす谷間には段状にミカン畑がつづき、その向うの山の稜線の起伏もうらうらとしている。しかも、空にはヒバリの声がしきりとした。

『草枕』の中でも、雲雀《ひばり》は鳴く。

「忽《たちま》ち足の下で雲雀の声がし出した。谷を見下ろしたが、どこで鳴いてるか影も形も見えぬ。只《ただ》声だけが明らかに聞える。（中略）

雲雀は屹度《きっと》雲の中で死ぬに相違ない。登り詰《つ》めた揚句《あげく》は、流れて雲に入《い》って、漂《ただよ》うているうちに形は消えてなくなって、只《ただ》声だけが空の裡《うち》に残るのかも知れない。」

今、足の下でこそ鳴かないが、天上からはやはり姿を見せずしきりとヒバリの声が降ってくる。

漱石がここを旅したのは冬のことである。むろんヒバリなど鳴きはしない。しかし、彼は舞台の背景をそれにふさわしく春にした。ヒバリの声のことは、峠の茶屋の会話に出てくるように婆さんから聞いたのかもしれないし、他の人から聞いたのかもしれぬし、あるいは他のときにほかの場所で漱石自身が体験したことを取り入れたのかもしれぬ。小説の世界では、作家はすべての体験、読書や聞き語りなどの知識に至るまで折にふれて使用するものだ。従って、たとえ私小説のような場合にせよ、その作品によってのみあれこれと考証することは危険である。

ここから、道は次第に降《くだ》りになる。長い長い降りになる。道沿いにもミカンの畑が目につく。

「ここから小天までの農家は、ほとんどミカンで暮してます」

と、運転手さんが説明する。小天蜜柑というのは由緒あるものだそうだ。

すでに下方に有明海の干拓地がひろがるようになった。そして、その左手に明るい海原が見える。漱石は難儀な山越えをして、海の近い小天温泉にやってきたのだ。この宿は、当時衆議院議員もした前田案山子《かがし》氏という人の別邸であり、隠棲して旅館業を営んでいた。

現在は、那古井館《なこいかん》という前にバス停があり、そこからごくわずかはいると、その宿が漱石館と名づけられていて、現在のものは違うらしい。漱石館の立札には、昭和三十八年末に町で復元した、と記してある。

門をくぐると、庭は一杯の樹木、というより大きな盆栽に満ちている。それらは近年に入れたものであろうが、どの枝葉にも小さな蜘蛛の巣がびっしりとついている。白い紙片を吹きつけたように蜘蛛の巣だらけだ。それが一種荒涼とした感じを与える。

どんよりと緑が淀んでいる小池に面して、六畳の間がある。すべてが古く、くすんでいる。そして、およそ何もない。戸すらもない。縁側に記名帳が一冊、ぽつんと置かれている。

漱石は二階の三号室に泊り、ここで彼は前田翁と歓談した、と表に書かれているから、管理人に申しでれば、二階に漱石の間というようなのがあるかもしれぬ。しかし、がらんとして人気《ひとけ》がなく、私は訳もないむなしさばかりがしきりとし、それ以上穿鑿《せんさく》する気持を失った。

前田翁の二女に、卓子《つなこ》という娘がいた。漱石が訪れた当時、彼女は三十歳の出戻りの身で、この宿を手伝っていたという。彼女が『草枕』の那美のモデルといわれる。たしかに峠の茶屋で、那古井温泉の馬方源《げん》さんが婆さんとかわす嬢様の嫁入りのときの話は、実際の話であるらしい。しかし、先にもちょっと触れたように、作家というものは、作中人物は背景よりもなおのこと意のままに造形する。世にいわゆるモデル、原型というものはあることはあるが、小説というものはあくまでも作り事なのである。

この原型と実在人物を、世人はあまりにしばしば混同しすぎる。もちろん実在人物を正確になぞる場合もある。しかし、小説の中の人物は、ある面は誇張され、ある面は消去されて、はじめてフィクションの世界で生きてくるものなのである。私も自分の生家の人間たちを原型にした小説を書いたとき、実に多くの読者がその混同した読み方をしていることを実感したので、年少の読者のため、くどいようだがその点を強調しておく。

荒正人《あらまさひと》氏は、漱石の小説中の女性には、「『虞美人草』の藤尾、『三四郎』の美禰子《みねこ》、『行《こう》人《じん》』のお直など、謎めいた性格を与えられる場合と、『虞美人草』の小夜子、『門』の御米《およね》、『こころ』の奥さんなどのように静かな消極的性格として描かれる場合と、『虞美人草』の糸子、『それから』の三千代、『彼岸過迄《ひがんすぎまで》』の千代子、『明暗』のお延、お秀などのように幾らか積極的な性格として設定される場合と、およそ三通りほどに分けることができる。」と分析しておられる。

『草枕』の那美にしろ、謎めいていて、はきはきしていて、頭もよく、当時にしては現実離れのしたモダンな女性を漱石は創造したといってよいであろう。

そんなことを考えながら、私は縁側におかれた記名帳を手にとって、当てもなくめくってみた。すると多くは熊本や近郊の学生らしく、しかもその名に、夏目漱石、と記している者もある。丸山明宏と書いている者もいる。

私はこういうジョークは嫌いではないが、そのときはなにか気がめいって、署名する気にもなれず、足を返した。大きな花の終りかけたツツジの樹にも、一杯に蜘蛛の巣がこびりついている。

ここで私の古い記憶を少しく書きつけることを許して頂きたい。

私はおよそ非文学的な少年だったが、中学にはいったとき、『猫』と『坊っちゃん』だけは読んだ。なかなかおもしろいものだと思った。『猫』はひょっとすると小学校当時読んでいたかもしれない。というのは、夏休みに箱根に避暑へ行っていた折、家にいた書生あてに、泥棒がはいってくる架空の物語を、十枚ばかりのハガキにびっしり書き送ったことがある。この泥棒の話が、ひょっとすると『猫』の中の泥棒に影響されたのではないかという気もする。しかし、まったく漠然とした記憶で確言はできない。

そのあと、私は他の漱石の作品まで読み進まなかったが、当時、麻布中学校に勝俣《かつまた》という国語の先生がいた。あるときの作文の時間、この先生は生徒に作文を書かす代りに、『夢十夜』の中の幾つかを読んでくださった。どれも甚だおもしろく思えた。そこで私は、図書室へ行って残りの部分を読んだ。ついでに『草枕』も読み、冒頭の箇所から感服し、なんという名文だろうと嘆じたのである。しかし、私は当時は、自然科学が好きだったから、それでお終いになった。

太平洋戦争も敗勢になった昭和十九年、私は中学四年で高校の入試に落ち、二次試験で戦争中臨時に作られた東大付属医専に合格した。私は旧制高校に憧れていたから、もう一年中学をやりたかったが、父の強制により入学した。

授業は東大の講堂を使っていた。構内食堂も東大生と同じで、ヒジキが半分まじった御飯が出た。一緒に入学した中学の先輩は、お茶の水女学生が多い駅に降りられると言って、非常に嬉しそうであった。しかし、私は自分の志と違う人生を始めたようで、鬱々として愉しまなかった。

私は三四郎池のほとりをよく一人で歩いた。「三四郎」の名前だけは知っていた。この池はそれほど小さな池ではないのだが、そのときの私の目には、いやに小さく、春というのにいやにうそ寒く映った。池を横断するとび石を伝いながら、私はうつろにその水面を見つめていた。

幸か不幸か、父の許可が出て、私は三日授業を受けただけで、元の中学の五年に復帰した。そして、翌年、高校に受かった。

ここではじめて、私は小説本を出鱈目に読みはじめた。漱石にしても『三四郎』のきびきびした文章に誘《ひ》かれ、『こころ』に感動し、『行人』『道草』『明暗』の、沈んだかぐろい世界を知ることになった。

漱石は『草枕』『虞美人草』で美文を通過し、『三四郎』まででロマンチックな夢も通過し、次第に深く沈痛な人間の業《ごう》を描きだしてゆく。

この漱石文学紀行は、むかし文学に盲であった私が、ずいぶんと遅まきに辿った記憶を重点として、特に調べたり再読もせず、ぶっつけに書いてみた。つまり、昔のままの初心な一読者として旅をし、記述した。そのため誤りも多いのではないかと怖れるが、おそらく年少の読者が多いであろうこの全集（註『現代日本の文学』夏目漱石集。学習研究社刊）には、それがふさわしいようにも思えたからである。

漱石の初期作品は、どんな文学嫌いの若者にも容易にはいれる。愉しんで読んで欲しい。そして、人生の門口にいるうちに、後期の人間存在の深淵を掘りさげた漱石の世界を、ぜひ味読して頂きたいと思う。

解説

阿川弘之

百科事典その他の記述によれば、マンボウは漢字で飜車魚、「飜車」は中国語で「みずぐるま」の意味らしい。

尾びれが無く、丸い大きな平べったいかたちをした海産の硬骨魚で、波の間に間に水面をただよって、もっぱらクラゲを食べて生きている。河豚の親戚のこの奇妙な魚は、畳一枚分もある大きな図体を、あれこれ動かすのが面倒臭いらしく、銛《もり》で突いたぐらいでは一向に動じないという。

北さんは昭和二年の生れ、人も知る通り歌人斎藤茂吉の次男で本名斎藤宗吉、北杜夫そのものが筆名であるが、航海記や軽いエッセイを書くにあたって自ら「マンボウ」と称したのは、まことに打ってつけの雅号を選んだものだという気がする。

最近私は、二度、マンボウ先生と海外旅行を共にした。初回は北、遠藤（周作）、私のほかに出版社の人四人が加って、西ヨーロッパ諸国をまわった。北さんはいつも、何かしら夢見心地の様子であった。

時々、突如として「愛してる」、「神様」、「助けてくれ」といった妙な叫び声を発し、私たちを驚かせて、

「これは僕の独り言ですから、どうか気になさらないで下さい」

と謝った。

見ている（聞いている？）方にとっては、ユーモラスであったが、北さん自身は鬱の状態で、必ずしも楽しい夢見心地ではなかったかも知れない。

クラゲの食い過ぎかウイスキーの飲み過ぎか、いざ何かの行動に移ろうという段になると必ず便意を催すらしく、全員をロビーに待たせては厠へ消えて行った。

「北はのべつ便所に入っとる。さっきも、ボーイがあいつの部屋ノックしたら、便所の中から、間伸びのした声で『ウエイト、ウエイト』言うのが聞えて来た。俺も英語はようでけんけど、『ウエイト、ウエイト』いう英語あるか？」

と、遠藤が私のところへ注進に来た。

予定表にしたがっての名所見物、買物、古跡めぐりといったことは、総じて苦が手らしく、酒杯を手に部屋へこもって瞑想にふけるのを好まれる気配であった。この旅行中北さんは、大英博物館へもルーブルへも行かなかった。夫人やお嬢さんへの土産は、絵葉書六

枚と、帰りの飛行機の中でもらった飴だけだったと聞いている。

それでは何のための旅か、外国へ出ても、心屈して語らず見ず聞かずかといえば、そうでもない。海のマンボウと同じく、波間にただよいながら、結構人の観察をしているから、油断がならなかった。

私は北さんと反対で、芋畑の猪、動物園の熊、せかせかと落ちつかず、遠藤周作の方に似ている。猪の眼には、時としてマンボウがじれったく、時として偉大な哲人の如くに映った。哲人にさぞうとんじられているだろうと察していた。

しかし、北さんには、妙に人なつっこいところがある。むつかしげな、うっとうしげな顔をしながら、それが不思議な人柄の魅力になっている。ヨーロッパ旅行で私の猪熊ぶりに真実辟易したなら、五ヵ月後にもう一度、私といっしょにマダガスカル島へ長途の旅に出ることなど、承服しなかったろうと思う。

マダガスカル旅行には、猪とマンボウと二人だけの、これまた奇妙な道中になったが、それについては最近某紙上に、ちくりちくりと私の言動を皮肉った連載の短文を書いていらっしゃる。ヨーロッパ行きの時、遠藤がよく、

「北さん、あんたを見とると、スローモーションの撮影のフィルムを見とるようですなあ」

とからかったが、二度目の旅でも、私は、動きの鈍いマンボウ先生のために、機内の毛

布を取って差上げたり、マラリヤの予防薬を用意して服用法まで詳しく説明したり（本来北さんの方が医者ですが）、それで皮肉を書かれて、いずれ上梓され、またまたベスト・セラーになるのでは割に合わないと思うけれども、どうもやむを得ない。

「人間とマンボウ」は北さんの、多分初めての作家論人物論集である。三島由紀夫について書かれた「表面的な思い出など」を再読して、私は感銘をうけた。三島さんも一種の奇人だったが、奇人マンボウがこういう奇才と出あうとどんな火花が散るものか、マンボウの睡むたげな眼に三島さんがどう映っていたか、たいていの三島由紀夫論よりも面白かった。

冒頭に、

「三島由紀夫氏についての記憶の断片を、憶いだすままにとりとめなく綴ってゆこうと思う。おそらくはごく表面的なこと、いや、殊さら表面的な些事を書こうと思う」

と北さんはしるしている。

三島さんが火を豪勢に燃やす肉料理を食べたあと、葉巻を取り出し、「君、葉巻を喫わんと偉くなれないよ」と、大真面目で言った話とか、事実、八割方は「表面的な些事」で埋められているけれども、それが、単なるエピソードとゴシップの寄せ集めには終っていない。

三島由紀夫の一面が、かなり辛辣に描き出されており、しかも、相手を斬る剣を返して自分を刺している。

長編『白きたおやかな峰』について、三島由紀夫が北さんに書き送った原稿用紙五枚の批評は、これも文学論北杜夫論として立派なものだが、挙げられた欠点に対し、

「躁期でつい筆がすべりまして」

と弁解し、

「文学に躁も鬱もない！」

と三島さんに怒鳴られたなどという逸話を、けれん味なしに淡々と書いているのも、その一例であろう。

「殊さら表面的な些事」を書くというのは、一つの覚悟であり、作家として北さんの志であると、私には思われる。

「馬鹿について」と題する短いエッセイの中で、ガイヤー博士というドイツの精神科医が、

「勤勉は馬鹿の埋め合わせにはならない。

勤勉な馬鹿ほど、はた迷惑なものはない」

と言った言葉を引用し、

「どうも、日本にみなぎるバカまじめ精神に対し、私は首をかしげざるをえない」

と評しているのなども、同じ覚悟の別のあらわれであり、北さん独特のユーモアの水源をうかがわせる。

「ヨガ式・阪神を優勝させる法」が、馬鹿々々しくかつ面白い。ネパールのシェルパのことを書いた「メルバーンの手紙」が感動的である。

「ムツゴロウ氏の本」の中の、「もう一つ、著者の人間味である。その個性的な人間味は、他の人間の特色をも引き出す」なる一行を藉りていえば、さきにも挙げた北さんの不思議な人柄の魅力が、大勢の作家の「人間の特色」を自在に引き出し、そうして北さん自身の上にまた照り返しているといった趣が、この一冊には感ぜられた。

「人間とマンボウ」と題し、敢えて「作家論」と呼ばなかったのは、作者の含羞の故であろう。

巻末に近く、「晩年の父」「茂吉断片」など、父斎藤茂吉についての文章が七篇収められている。これは、兄君斎藤茂太氏を別にすれば、おそらく誰にも書けなかった茂吉像である。

青年期に達した男の子にとって、父親は概してうっとうしく重苦しい存在だが、殊に北さんの場合のように、それが大歌人斎藤茂吉であってみれば、尚さらのことであったにちがいない。

茂吉が「活力にあふれたカンシャク持ち」でありながら、郵便配達や水道屋にまでこまごまと気を使う「ほとんど小心」な人物であった様子が、見事に描き出されている。それでいて、父への愛情、父茂吉の歌に対する北さんの尊敬の念は並々ならぬものであることが行間ににじみ出ており、それが私に快かった。

合計三十七篇の短章の中には、率直に申して、斎藤茂吉翁が読んだら「激怒」したのではないかと思われるような、少々呂律のまわらぬ文章も無いではないが、それも、マンボウがクラゲの食い過ぎ状態で筆をとったなと思って読めば、何となく愛嬌があっておかしい。

私としても、これ以上この人といっしょに海外旅行をしたりするのは危険だと感ずるほど、飜車魚の眼は冴えている。

（あがわ・ひろゆき　作家）

（旧版『人間とマンボウ』より再録）

巻末付録・エッセイ

どくとるマンボウ結婚記

三島由紀夫

北杜夫氏の今度の結婚にいたるまでのいきさつについては、私は何も知らない。披露宴に招かれて、御新婦の美しさにおどろいただけであつて、それまでいかなる熱烈な恋愛があつたか、なかつたか、そんなことは何も知らないのである。ただ母や母の兄弟が斎藤家と昔からたのしく避暑地のお付合をしてゐたことがあるので、私も今度の北氏の結婚に、格別の近親感を抱いたことはたしかである。

しかし披露宴における新郎は、少しもペースを乱さず、落着き払つたもので、会ふといきなり文壇の話なんか向うからしだして、私を煙に巻いた。さらに新郎自身の異例のテーブル・スピーチは大した役者であつて、

「あのう、そのう、僕は昆虫学が好きでして、蟬の発声器官をしらべますと、これが雄にしかないのでありまして、何とかいふギリシアの有名な詩人の詩にも、

〝蟬の良人は幸ひなるかな。声なき妻を持てばなり〟

といふのがあります。この一句を、新妻に捧げる句といたします」
などと洒脱なことを言つて、お客一同を喜ばせた。

宴に入る前に、大正時代的雰囲気の横溢した三井倶楽部の、ロビイに下りる大階段を、ウェディング・マーチにつれて新郎新婦が下りてくる演出は、いかにも旧家の結婚式らしくて、こんなことを照れないで堂々とやる北氏に、文壇臭のないいいものを感じた。

ムニャムニャ何だかたよりないことを言ひながら、その間にちやんと言ひたいことを直言してゐるといふ北氏の性格は、私などと比べて、ずゐぶん得だと羨望に堪へない。「どくとるマンボウ」のユーモアも、あれだけ嘘ともまこととともつかぬことを書きつらねながら、結局人の信用を、増すやうな具合のユーモアである。厳しゆくなことばかり書いたり言つたりしながら、ますます世間の信用を失つてゆく人間も多いのである。

北氏のやうな亭主は、女房から見て、扱ひいいやうで、一等扱ひにくい亭主ではあるまいか、といふのが、私の家人の感想であるが、私も同感する。人にはマンガの話しかしないから、つい二六時中マンガを読んでる人のやうに想像するが、フランスの新刊書ばつかり読んでるやうな顔をしてゐる青年より、どれほどそのはうが世人の信用を博するかわからない。

もちろん北氏は、バルザックの「谷間の百合」の青年処生《ママ》訓を信奉してゐるわけではなからうし、計算や処生だけで、北氏のやうな闊達なユーモアが生れるわけもないが、北氏や石原慎太郎のよさも結局鋭敏な都会人の人柄のよさに帰着するので、それだけ文壇には田舎臭が強すぎるのである。

北氏がこれからも家庭で、ムニャムニャ言ひながらマンガを読んでる図を想像するのは愉快だが、一言警告しておくと、家庭といふところはふしぎな厳密性を帯びた場所であって、ここでは巧緻を極めたミスティフィケーションもしばしば破られる。氏の今までのすべてがミスティフィケーションだとは言はないが、世間では裸で通用してゐるものが、家庭ではさらに皮を剝がれる目に会ふことも覚悟しておいたはうがよろしい。

そしてそのときこそ世間の重要性も増してくるので、一旦顔に浮かべた笑顔は、終生保ちつづけなければならないのだ。

（みしま・ゆきお　作家）

（「婦人画報」一九六一年六月号）

巻末付録・エッセイ

一人遺されて　北杜夫さんをしのぶ

佐藤愛子

十月二十六日の朝六時、枕元の電話が鳴って、ＮＨＫの人が北杜夫さんが亡くなったので何か語ってほしいという。いきなりいわれても、と言葉に詰まった。北さんとは作家仲間というよりも悪童仲間というような仲だったから、頭に浮かぶことといえば時と場所を考えよと言われそうなことばかりなのである。

＊

私たちは北さんが東北大学医学部の学生だった時に同人雑誌「文藝首都」の同人として知り合った。敗戦後五年経《た》った頃で貧乏が当たり前という時代だった。北さんは泥んこのドタ靴を履き、シャツの背中にべったり大きなつぎ布が当たっているという風態《ふうてい》で、財布は持たずいつもヨレヨレの五百円札を手帳に挟んでいた。初めて会った時、彼は神妙な顔で私にこういった。

「有名なお父さまをお持ちになって、どんなお気持ちですか？」

私の父は大正から昭和十五年あたりまで大衆小説を書いて少しは名を知られていたが、既に亡くなっており「有名な云々《うんぬん》」といわれるほどの存在ではない。その時私は北さんが大歌人斎藤茂吉の子息であるとはつゆ知らなかったのだが、後にそれを知って思わず、「あの野郎！」と思った。全く人を喰《く》った男だと思いつつ、それからつきあいが始まったのである。

その頃北さんは仙台にいて、大学が休みに入ると帰ってくるという生活だった。北さんが帰ってくると私たちは一緒に文藝首都社（社といっても主幹保高徳蔵《やすたかとくぞう》先生の借家）へ行った。用があってもなくても行ったのは、喫茶店などへ行く金がないからだった。保高先生は文学を志す人たちのための「文藝首都」を立ち上げて下さったいわば我々無名文学青年の恩人である。先生の穏やかな人となりに甘えて私たちは何かというとそこを寄り場にしていたのだが、ある夜、先輩同人が集まっている酒席で、北さんが保高先生のことを「徳さん」と言ってしまった。徳さんとは何だ、先生に対し非礼ではないかと先輩は憤慨し、北さんは散々とっちめられた。その後、仲直りに飲み直そうということになって一同は表へ出たのだが、最後に私が玄関を出て行くと北さんは電柱に向かって立ち小便をしており、そうして夜空に向かって怒鳴っていた。

「なんでィ！　偉くなりゃいいんだろ……偉くなりゃ……」

北杜夫の鬱勃《うつぼつ》たる青春の一齣《こま》として私はその情景を忘れない。

＊

ひと頃北さんは仙台で社交ダンスにはまった。東京に帰ってくると、しばしば私はダンスホールに誘われた。だが好きなわりには下手クソで、最初のステップの踏み出しがなぜか早かったり遅かったりする。仕方なく私は「イチ、ニイ、ソレッ！」と号令をかけては踊り出すというあんばいだった。

しかしその靴はおよそダンスにふさわしくないヒキガエルのような泥靴で、つまずくたびにドタンバタンと大きな音を立てた。道路に舗装のない時代で東京中ぬかるみだらけだったから、北さんだけでなくたいていの人が泥靴なので音楽が始まるとホールの床にはザーザーと乾いた土がこすれる音が流れた。ダンスの合間に私たちは文学の話をした。北さんは自分の一族は変わり者揃《ぞろ》いだから、そのうち書きたいと思っていると熱心に話していた。それを聞いて私はそれなら佐藤家の方がよっぽどヘンなのが揃っている、私もいつか書こうという気持ちになったのだった。

＊

『楡家《にれけ》の人びと』が上梓《じょうし》されたのはその時から十四年後である。それから三十五年も経ってから私は『血脈《けつみゃく》』で我が一族の荒ぶる血を書いた。書き上げた時、あの新宿のダンスホールのうす暗い濁った空気の中、ザーザーと床がこすれる音を思い出した。

そうして北さんは逝ってしまった。友達の誰彼が亡くなった時、電話をかけて悼み合うことができた最後の一人がいなくなってしまった。今は私一人、広野に佇《たた》ずんで沈み行く陽を見ているといった心境である。

（さとう・あいこ　作家）

（「東京新聞」二〇一一年一一月一日　夕刊）

掲載書誌紙一覧

Ⅰ

表面的な思い出など　『新潮』昭和四七年一一月号

同人誌時代の追憶　『文藝首都』昭和四五年一月終刊号
（原題＝お元気な頃の保高先生）

甲斐ない推察　『海』昭和四七年六月号

Ⅱ

鬼座長について　『雲』一九号、昭和四四年三月
（原題＝芝居、或いはその鬼座長について）

車　『風景』昭和四七年二月号

狐狸庵先生にはかなわぬこと　『毎日新聞』昭和四六年三月二四日夕刊

神さまの舌　『朝日新聞』昭和四二年一二月二四日朝刊（広告欄）

夢のようなへんな話　『獅子文六全集』（朝日新聞社）第16巻月報、昭和四四年八月

非地球的人間　『埴谷雄高作品集』（河出書房新社）第1巻月報、昭和四六年三月

ヨガ式・阪神を優勝させる法　『文藝春秋』昭和四七年一〇月号

麻布中学のことなど　『吉行淳之介全集』（講談社）第1巻月報、昭和四六年七月

端正さと……　『新鋭作家叢書』（河出書房新社）「辻邦生集」月報、
昭和四六年一一月

貪欲なる偉才　『現代漫画』（筑摩書房）「手塚治虫集」解説、昭和四五年五月
（原題＝貪欲なる天才）

どうも、どうも　『ＣＯＭ』昭和四三年一月号（原題＝手塚治虫への悪口）

先んずれば　青年座公演プログラム　昭和四六年一〇月

ムツゴロウ氏の本　畑正憲著『天然記念物の動物たち』（角川文庫）解説、
昭和四七年三月

若い日の羞恥　『読売新聞』昭和四六年五月二二日夕刊

前畑がんばれ　『日刊スポーツ』昭和四一年九月二一日

ガロイ氏との一夜など　『ＳＦマガジン』昭和四三年九月号

メルバーンの手紙　『ＰＨＰ』昭和四二年五月号

Ⅲ

芥川龍之介と私　『ザ・ハイスクール・ライフ』昭和四二年一一月一日
（原題＝私と芥川龍之介）

歯　車　『日本読書新聞』昭和三五年一〇月三一日
好きな箴言　『圖書』昭和四四年二月号（原題＝機知）
『魔の山』の思い出　『世界文学』（新潮社）「トーマス・マンⅠ」月報、
昭和四六年五月
長篇の愉しみ　『日本読書新聞』昭和三七年八月一三日
ヘミングウェイの自殺　『風景』昭和三七年五月号
馬鹿について　『毎日新聞』昭和四一年九月一一日夕刊

Ⅳ

晩年の父　『斎藤茂吉全集』（岩波書店）第55巻月報、昭和三一年五月
山荘の父　『東京新聞』昭和四〇年二月二三日夕刊（原題＝晩年の父・茂吉）
茂吉とその悪妻　『大分合同新聞』昭和四三年一月一五日朝刊ほか地方各紙
（原題＝斎藤茂吉と愛すべき悪妻）
茂吉と食物　『河北新報』昭和四一年八月一一日朝刊ほか地方各紙
茂吉断片　『日本詩人全集』（新潮社）「斎藤茂吉」月報、昭和四二年一二月
（原題＝茂吉についての断片）
父の癖など　『現代日本文学大系』（筑摩書房）「斎藤茂吉集」月報、
昭和四四年一一月

茂吉と光太郎　『新潮』昭和四一年一一月号

V

阿川弘之文学紀行　『現代日本の文学』（学習研究社）「阿川弘之・三浦朱門集」収載、
昭和四六年七月

三浦朱門文学紀行　『現代日本の文学』（学習研究社）「阿川弘之・三浦朱門集」収載、
昭和四六年七月

夏目漱石文学紀行　『現代日本の文学』（学習研究社）「夏目漱石集」収載、
昭和四四年九月

『人間とマンボウ』
単行本　一九七二年一一月　中央公論社刊
文　庫　一九七五年一二月　中公文庫

編集付記

一、本書は中公文庫『人間とマンボウ』（一九九二年五月　一一刷）を底本とし、巻末に新たにエッセイを付した新版である。明らかに誤植と思われる箇所は訂正し、難読と思われる語にはルビをふった。

一、本文中には今日の人権意識に照らして不適切と思われる表現があるが、作品の時代背景および著者が故人であることを考慮し、底本のままとした。

中公文庫

人間《にんげん》とマンボウ
――新版《しんぱん》

1975年12月10日　初版発行
2022年4月25日　改版発行

著　者　北《きた》　杜《もり》　夫《お》

発行者　松田陽三

発行所　中央公論新社
〒100-8152　東京都千代田区大手町1-7-1
電話　販売 03-5299-1730　編集 03-5299-1890
URL https://www.chuko.co.jp/

DTP　嵐下英治
印　刷　三晃印刷
製　本　小泉製本

Published by CHUOKORON-SHINSHA, INC.
Printed in Japan　ISBN978-4-12-207197-1 C1195

各書目の下段の数字はISBNコードです。978-4-12が省略してあります。

中公文庫既刊より

き-6-3
どくとるマンボウ航海記
北杜夫
たった六〇〇トンの調査船に乗りこんだ若き精神科医の珍無類の航海記。北杜夫の名を一躍高めたマンボウ・シリーズ第一作。〈解説〉なだいなだ
200056-8

き-6-18
どくとるマンボウ医局記 新版
北杜夫
『どくとるマンボウ航海記』前夜、白い巨塔の片隅で怪気炎を上げるマンボウ氏の新人医師時代。新たに武田泰淳との対談「文学と狂気」を増補。〈解説〉なだいなだ
207086-8

き-6-16
どくとるマンボウ途中下車
北杜夫
旅好きというわけではないのに、旅好きとの誤解からマンボウ氏は旅立つ。そして旅先では必ず何かが起こるのだ。虚実ないまぜ、笑いうずまく快旅行記。
205628-2

き-6-19
静謐 北杜夫自選短篇集
北杜夫
三島由紀夫賞賛の表題作ほか初期の純文学作品、SF、随筆など全一〇篇を収録。多才な作家のエッセンスが一望できる自選短篇集。〈巻末エッセイ〉今野　敏
207093-6

つ-3-30
完全版 若き日と文学と
辻邦生
北杜夫
青春の日の出会いから敬愛する作家、自作まで。親友の二人が闊達に語り合う。ロングセラーを増補、全対談を網羅した完全版。〈巻末エッセイ〉辻佐保子
206752-3

あ-13-5
空旅・船旅・汽車の旅
阿川弘之
鉄道のみならず、自動車・飛行機・船と、乗り物全般に並々ならぬ好奇心を燃やす著者。高度成長期前夜の交通文化が生き生きとした筆致で甦る。〈解説〉関川夏央
206053-1

あ-13-7
乗りもの紳士録
阿川弘之
鉄道・自動車・飛行機・船。乗りもの博愛主義の著者が、車内で船上で、作家たちとの楽しい旅のエピソードを、ユーモアたっぷりに綴る。〈解説〉関川夏央
206396-9

あ-13-8
完全版 南蛮阿房列車（上）
阿川 弘之

北杜夫ら珍友・奇人を道連れに、異国の鉄道を乗りまくる。ユーモアと臨場感が満載の鉄道紀行。上巻は「欧州畸人特急」から「最終オリエント急行」までの十篇。

206519-2

あ-13-9
完全版 南蛮阿房列車（下）
阿川 弘之

ただ汽車に乗るためだけに、世界の隅々まで出かけた紀行文学の名作。下巻は「カンガルー阿房列車」から「ピラミッド阿房列車」までの十篇。〈解説〉関川夏央

206520-8

え-10-7
鉄の首枷 小西行長伝
遠藤 周作

苛酷な権力者太閤秀吉の下、世俗的野望と信仰に引き裂かれ、無謀な朝鮮への侵略戦争で密かな和平工作を重ねたキリシタン武将の生涯。〈解説〉末國善己

206284-9

え-10-8
新装版 切支丹の里
遠藤 周作

基督教禁止時代に棄教した宣教師や切支丹の心情に強く惹かれた著者が、その足跡を真摯に取材し考察した紀行作品集。〈文庫新装版刊行によせて〉三浦朱門

206307-5

か-30-1
美しさと哀しみと
川端 康成

京都を舞台に、日本画家上野音子、その若い弟子けい子、作家大木年雄の綾なす愛の色模様。哀しさの極みに開く官能美の長篇名作。〈解説〉山本健吉

200020-9

か-30-6
伊豆の旅
川端 康成

著者の第二の故郷であった伊豆を舞台とする小説と随筆から、代表的な短篇「伊豆の踊子」、随筆「伊豆序説」など、全二十五篇を収録。〈解説〉川端香男里

206197-2

し-31-5
海軍随筆
獅子 文六

海軍兵学校や予科練などを訪れ、生徒や士官の人柄に触れ、共感をこめて歴史を繙く「海軍」秘話の数々。小説『海軍』につづく渾身の随筆集。〈解説〉川村 湊

206000-5

て-8-3
漱石先生
寺田 寅彦

自他共に認める別格の弟子が文豪の素顔を親愛の情を籠めて綴る。高等学校での出会いから周辺に集う人々まで。文庫オリジナル。〈巻末エッセイ〉中谷宇吉郎

206908-4

各書目の下段の数字はISBNコードです。978－4－12が省略してあります。

つ-3-20
春の戴冠1 辻　邦生
メディチ家の恩顧のもと、花の盛りを迎えたフィオレンツァの春を生きたボッティチェルリの生涯——壮大にして流麗な歴史絵巻、待望の文庫化！
205016-7

つ-3-25
背教者ユリアヌス(一) 辻　邦生
血で血を洗う政争のさなかにありながら、ギリシア古典を学び、友を得て、生きることの喜びを見いだしていくユリアヌス——壮大な歴史ロマン、開幕！
206498-0

み-9-10
荒野より　新装版 三島由紀夫
不気味な青年の訪れを綴った短編「荒野より」、東京五輪観戦記「オリンピック」など、〈楯の会〉結成前の心境を綴った作品集。〈解説〉猪瀬直樹
206265-8

み-9-13
戦後日記 三島由紀夫
「小説家の休暇」「裸体と衣裳」ほか、昭和二十三年から四十二年の間日記形式で発表されたエッセイを年代順に収録。三島による戦後史のドキュメント。
206726-4

み-9-14
太陽と鉄・私の遍歴時代 三島由紀夫
三島文学の本質を明かす自伝的作品二編に、自死直前のロングインタビュー「三島由紀夫最後の言葉」（聞き手・古林尚）を併録した決定版。〈解説〉佐伯彰一
206823-0

み-9-11
小説読本 三島由紀夫
作家を志す人々のために「小説とは何か」を解き明かし、自ら実践する小説作法を披瀝する、三島由紀夫による小説指南の書。〈解説〉平野啓一郎
206302-0

み-9-15
文章読本　新装版 三島由紀夫
あらゆる様式の文章・技巧の面白さ美しさを、該博な知識と豊富な実例と実作の経験から詳細に解明した万人必読の書。人名・作品名索引付。〈解説〉野口武彦
206860-5

み-9-9
作家論　新装版 三島由紀夫
森鷗外、谷崎潤一郎、川端康成ら作家15人の詩精神と美意識を解明。『太陽と鉄』と共に「批評の仕事の二本の柱」と自認する書。〈解説〉関川夏央
206259-7